KB013168

성격소품

성격소품
이나헌

시간의흐름 시인선 3

언젠가 네가 읽었으면 좋겠다

* 각 시의 첫 행은 여섯 줄을 비우고 시작했다.
* 같은 시 안에서 다음 연의 첫 행이 다음 쪽에서
  시작할 때는 세 줄을 비웠다.

차 례

내가 버섯을 사냥할 때 입었던 옷들을
세탁소에 맡길 일이란 거의 없다.

존 케이지,『M: Writings ʼ67 - ʼ72』

푸가는 어제부터 틀어져 있지 푸가에 맞춰 심심할
수 있다면 심심함을 언니라 부르고 나는 병들겠지
모두가 상사병이라고 한다면 언니의 애인을 사랑해서
언니의 애인과 달아날 거야 우리가 달아난 창문은
어제부터 열려 있고 창틀에는 열기가 없고 언니는
창문 앞에 서서 푸가에 맞춰 배가 불러오겠지만
우리는 음악도 집시도 없는 곳으로 갔지 거기서는
빈 병을 팔기 위해 문 닫힌 선술집을 찾아 떠돌아야
했고 목회자들의 마을에서는 언니에 대한 그리움이
생겼지 내가 언니를 그리워한 방식은 예배당에서
우리의 운명을 위해 기도할 때야 두 개의 희망을
들려주다가 요의를 느껴서 예배당 밖으로 모두의
기도조차 모르게 빠져나갔지 예배가 끝나는 종소리가
어렴풋한 포도밭의 습지에 쪼그려 앉았고 잘 익은
포도를 언니부터 먹이고 싶었지 언니가 입 속에서
포도씨를 고르고는 내 입 속으로 그러니까 입에서
입으로 굴려준 적이 있었으니까 언니에게 돌아가서
그 시절의 포도를 준다면

하필 거머리가 발목에 붙었고 나는 비명을 질렀는데
종소리에 섞여서 잘 들리지 않았는지 언니의 애인은
무심하게도 예배가 끝난 기도 속에서나 거머리를
떼어낼 풀잎을 찾기 시작했고 시간은 지체되어
빈혈을 앓았지 예배가 끝난 기도는 꿈결 같았으니까
언니의 애인이 포도밭과 무관한 풀잎을 거머리를
떼어낼 용도라고 생각할 즈음 나는 졸도했지
졸도하면서도 다행이라고 생각했지 아직 배설
직전이었으니까 속옷을 내리기 직전이었으니까
언니의 애인은 희망 없는 기도 속에서나 내게
도착했지 칼날 같은 풀잎을 찾아와 끌질하듯
발목에서 거머리를 걷어내고는 도수 높은 술을
부었지 그럼 뭐 해 이미 거머리는 내 피로 풍만해
있었는데 언니의 애인은 내가 널브러진 모습에서
언니를 두려워했겠지 뒤뚱거리는 거머리처럼 언니는
지금쯤 포도밭의 사건들을 보고 있을까 이제 발목을
긁어볼게 언니의 발목을 하고 있으니까 언니의
성격을 하고 평정심을 찾아야겠지

성격소품 — 여덟 개의 환상 조각에
붙이는 말들

저녁은

양손의 불균형을 지닌다 왼손은 늘 숲의 것이 될
수 있게 자작나무의 수피가 가장 엷어지는 곳까지
저녁의 내면이라면 너는 너를 끝까지 등한시한다
가장 높은 가지에 앉은 나이팅게일이 석양을
보는 일처럼 타인의 사랑을 감시하기란 이제
힘들다 자작나무 잎은 아직 석양에 닿지 않았다
자작나무에서 가장 높은 가지를 당겨볼 수 있다면
나이팅게일이 닿는 석양은 부어오른 발목처럼

상승

세르비에르부터 마른느까지 마을마다 서로 다른
조모를 지닌 어린 자매는 론도의 형식으로 그네를
타고 있었다 가까운 클로버 밭이 있었고 먼 유수지가
있었다 원근마다 다른 공기가 숨이 되었을 때 모든
날숨을 단번에 토하며 하나가 궤적의 가장자리에서

멈추자 다른 하나는 하나의 뒷모습을 역광 속에서,
손잡이를 여미다 만, 그래서 유약조차 칠하지
않은, 그저 풍광에 굳어가는 테라코타 머그잔으로
이해하고는, 그것을 떨어트린 날 너는 푹신한 표면을
만지고 있었다 거기서 주운 무채색 조각 이외의
풍광을 정지한 뒷모습으로부터 전송된 풍광이라는
생각이 들었다 궤적의 가장자리에서 다시 흔들리기
시작한 어깨를 제외한 모든 풍광이 하나의 앞면을
취하고 있음을 보았다

　　왜?

너는 아무도 만나지 않았다 낙엽은 아무도 만나지
않았다 목발은 아무도 만나지 않았다 문설주는 아무도
만나지 않았다 바람 없이 말하지 않았다 가격이 없는
식물이 있었다 너는 학교에 가지 않았다 교육받지
못한 밀회의 모든 종류는 죽었다 그날의 술은 가장
쑥스러운 사물이었다 이 숙취는 동정받기 힘들고
사람들을 두렵게만 할 뿐이었다 한 걸음 물러서
문간을 밟고 서 있는 너는 불행하다고 했다 문간을
벗어나면 온실이었다 쓰러질 곳 없는 온실이었다
이러한 고독은 온실에서 전송되었다 계절을 되묻는
온실이었다 온실 밖은 온실과 같은 온도의 숲이었다

변덕

모든 식물의 이름을 묻고 하나의 식물도 사지 않는다
온실 주인의 고조되는 신경질을 누그러트리기 위해
온실 주인에게 말했다 저는 늘 잠들기 전에 흰개미를
생각하니까요 네가 식물의 목록을 누설하는 동안
흰개미는 자작나무 숲에 갑니다 죽은 나이팅게일을
자작나무에 띄우기 위한 숲의 체념이 있습니다 너는
활시위를 당깁니다 죽은 나이팅게일이 그렇게 날았으면
희망은 변덕스럽고 의리가 없어서 눈물은 변덕의
것입니다 눈물에 맞는 착장을 위해

밤에

눈꺼풀이 무거운 순간 너는 늘 어른들의 게임을 떠올린다
카드 패를 뒤집으면 해변이 드러나는 그곳은 밝고 너는
졸리다 그곳은 취했고 너는 졸리다 그곳은 즐겁고 너는
졸리다 꿈속에서 수음을 처음 배운 여자애처럼 매력적인
꿈의 공기를 숲과 온실과 안개와 해변으로 구분 짓고는
탕진한 어른들의 내면과 자신의 내면까지 파훼된 밤에
심미적인 신체를 문제 삼지 않는 밤에 창턱에 걸터앉은
너는 등 뒤의 종말을 성격이라 했다

우화

우화가 사라지는 대신 가까워진다면 얼마든지 내가
먹은 짐승을 들려줄게 먹어서 살이 된 짐승들을 먹을
수 없는 짐승들을 씻길 수 없으니까 짐승과 죄책감을
바꾸고 각자의 욕조로 가자 우리는 같은 재료로 집을
지었으니까 우화가 없는 고향이란 따분하니까 고향은
지진을 앓았다 함께 흔들릴 수 있다면 서로의 시차를
길들이고 먼 집을 부숴 썰매를 짓는다 멍에까지
봇줄을 동여매면 거기에 걸맞은 짐승이 찾아오겠지
어느 날은 레그혼이, 어느 날은 너의 잠이, 봄까지
썰매를 당기겠지 썰매를 조종할 수 있는 세월은
바람보다 큰 채찍을 지녔지 바람은 아프지 않아
바람보다 큰 웃음이 있었지만 바람은 우습지 않아
바람보다 큰 환대가 있었지만 바람은 이별보다 먼저
있었지 채찍 대신 왕홀을 쥐어줄게 우화는 우리가
소화시킨 짐승이다 초지의 짐승들은 여태 흉내 낸
짐승보다 거룩해 보이지만 우화의 악역이 너희를
해산시킨다면 끝까지 살아남은 짐승이 사랑할 여력이
남아 있다면

꿈의 얽힘

수도원의 실 잣는 소리, 크레셴도, 너를 위한 수의,

스페이드 에이, 패인이 없는 게임, 베이지 꽃의 마지막
잎을 꿈에 드리우자 수몰되는 자매처럼 그리고 한
벌의 수의가 수면 위로 상승하는 속도, 너는 너의
피를 맛보고는 울었지 얼음 맛이 났으니까 꿈에서
피를 보는 일은 행운이랬어 그러나 모카신을 신은
군악대의 송가를 들었지 어린 수병이 죽었나 봐 물과
몹시 싸웠지 함께였는데 외로워라고 말하는 애인처럼
너는 사라지지

노래의 끝

노래를 들으며 일어나는 잠은 기쁘다로 시작하는
노래의 끝 아이들의 동작만이 남은 언덕은 해골
병사에게 그리고 건초 더미에 앉아 후렴을 기억한다
양의 입술 역시 파랗다 환대의 내용을 모른다
사랑을 덜어 내기 시작하는 이 노래의 끝은 목소리의
끝이기도 하다 그래서 선명해진 너의 얼굴을
들고 달아났지 하필 정면으로 달아나는 자작나무
그림자들로 어떠한 활보 없이 수피에 붙은 살점을 봐
너는 미숙하다 그래도 너는 웃는다 나중에 기억난
웃음소리 노래의 끝

레시피의 감정

레시피에는 감정이 빠져 있다
레시피를 구기는 너는
심부름에 실패하고
저울을 들고 편평한 장소를 찾는 집으로 간다
심부름을 하는 너와 심부름을 시킨 네가 있다
집에 없는 네가 해주는 음식이 먹고 싶다
리더스 다이제스트에 실린 레시피를 좋아한다
레시피 바깥에서 레시피를 모의한다
찌를 흔들지 않는 물을 사 올 것
수유기가 지난 소의 무릎을 사 올 것
레몬을 구경하던 시절을 사 올 것
심부름을 시키고 기다리는 네가 된다
기다림만 한 아이가 있다면
아이와 어떤 재료를 포기한다
가령 종소리를 포기한다
종의 그늘에 대리석이 놓인 날
바닥에 비춰 본 네가
두렵다고 생각한다

아이보다 더 두렵다고 생각한다
그리고 이제는 병원의 바닥에 너를 비춰 본다
세탁소의 바닥에 너를 비춰 본다
옷이 남들보다 늦게 생긴 아이처럼
수치심을 배우고 언젠가 수치심이 자연이 될 때
죽어서야 요의를 느끼는 사람이 된다
요의를 미루는 대화가 있었다
물속에서조차
심부름을 하는 아이가 된다
아이는 물병에 든 레몬을 건져 낸다
자신의 목소리를 영원히 듣는 자신이 된다
가령 동전을 눈에 넣고 뺐는 마술을 통해
살아 있는 척한다
심부름을 하는 아이는 이별을 모른다
아이는 무엇을 사고 거스름돈을 받았는지 모른다
아이에게 맞는 진단은 없으니까
아이는 측량사에게 집으로 가는 길을 묻는다
측량사는 맨홀의 위치를 정하고 있다
눈이 오면 헌금 없이도 성당에 간다
성가대는 소프라노의 휴일을 따로 정한다
휴일에는 새들의 모이를 고른다
레시피 없이 저울 위에 올라간다
눈이 쌓여 있고 지푸라기라도 보이면
네가 가져다 놓았을 것이다

홀 대 하 는   연 인

연인이 연인의 잠을 그리는 동안
연인의 잠에다 벌레를 붙여놓는다
개미처럼 회전이 목적을 가진다면
비가 오기 직전 두둑을 쌓는다
개미의 예감이 성격이 되기 위해
비는 내릴 것이다
개미가 연인의 귓가에 있다
음악을 들려주어도 달아나지 않는 개미가
음악에 맞춰 잠잘 시간보다
춤출 시간이 생긴다면
발아래 당도하는 벌레도 있을 것이다
그림 위에서 벌레는 죽었다
그림 아래서 벌레는 죽었다
서로를 모르는 외출이란 없다
연인은 석이버섯이 나오는 피자를 위해 가을을
기다린다
그리고 피자 상자에 앉은 새를 위해
과거의 주어를 연인으로 고치고

연인을 홀대하는 연인은 잠을 홀대한다
그래서 잠잘 시간보다 늘어난 것들은
옷걸이를 지니고 코르크를 지니고
코르크를 굴리는 벌레들은
어깨를 따라 걷는 자가 가장 슬프다
광장의 어릿광대는 즉흥을 위해
어린이를 이용한다
풍선으로 만들 수 있는 푸들과
부리보다 먼저 자라난 새가 모이를 기다린다
모이의 무게대로 가벼운 것부터 떠날 것이다
한 권의 책을 엎어놓는다
그 책은 두려운 페이지부터 시작된다
비를 두려워하는 힘으로
죽은 새가 한 번 더 비를 피하는 동안
책 위에 착장된 새가 책을 쪼아 먹는다
양팔과 절망이 있고
절망을 위한 무릎이 있다
무릎을 두드려주는 연인은
무릎이 늘어난 옷을 갈아입는다
우리는 그렇게 연인을 번복한다
죽어, 라고 말할 수 있는 점유까지
연인을 조준하는 연인처럼
물 없이 잘 사는 식물은 스파이 같아
영안실의 회전문에서 관이 빠져나온다

침대 위의 화분은 바깥의 포즈 같아
어제는 총격전이 있었지
회전문에 부딪히는 머리통과
귀를 막은 단정한 연인을 사랑한다
연인은 비속어를 들을 수 없는 연인과
활자를 크게 쓰는 연인과
알약을 밟는 연인과
벌레를 쫓는 그림이 있다
잠이 미완성된 그림이 있다

그림을 지키는 감시관이 물러서라고 말한다
골리워그는 감시관이 원하는 만큼 이미 물러서 있다
그곳에서 그림을 만지고 싶다
무거운 그림이니까
볼링이 치고 싶다
미술관은 정적에 알맞다
아라베스크를 연습했다
그림을 지키는 감시관이 물러서라고 말한다
물러설 곳이 없었으니까
골리워그는 감시관의 시간을 산다는 듯이
골리워그는 감시관의 교대 시간을 기다린다
감시관이 여기서 점심을 먹지는 않는다
그러나 감시관은 식후에 서 있다
골리워그는 감시관의 식후를 살지는 못한다
미술관은 정적에 알맞다
정적에 알맞은 음식을 골리워그에게
케이크를 골리워그에게
봉두난발을 골리워그에게

골리워그는 자신의 생일에 초대받은 사람처럼
기쁨과 불청객의 감정을 하고 있다
케이크를 지키는 감시관이 물러서라고 말한다
골리워그는 자신의 주머니를 뒤집어
나의 생일이라고 말한다
나는 입장료라고 말한다
정적을 지키는 감시관이 물러서라고 말한다
골리워그는 어찌할 바를 몰라서
양팔을 흔들어도
감시관의 발을 밟아도
미술관 속의 비는 고요했다
그림은 지워진 그림대로 아름다웠다

창 문 의   식 성

창문을 닫아, 내가 원하는 나라에는 한 명의 유령이
흐르니까, 창문을 닫으면 모두가 속상하겠지, 추워,
단지 너만 춥겠지, 잠이 옷이 될 때까지, 모두에게는
맞지 않아, 그럼 모두에 맞춰 조금씩 창문을 닫아,
잠은 거인처럼, 잠이 두려웠던 시절처럼, 굴참나무를
흔드는 그림자도 있었겠지, 창문을 닫아, 너의
꿈에서는 창문이 멀지, 창문을 누를 수 있었는데, 네가
깨어나서, 꿈을 들려줄 수 있다면, 슬픈 꿈을 순식간에,
식구들 몰래 사랑하는 꿈이었어, 사랑을 들키면, 식구
하나가 숲에 있는, 모두가 숲에 가 있겠지, 누가 먼저
걸어도 이상하지 않은 숲에, 창문이 원하는 숲은 너를
보여주지 않을 거야, 그러니 창문을 닫아, 모두가
잠들었나 확인할게, 네가 길들인 잠 속에서, 너는 아직
어리다, 너만 떨고 있어, 창문이 난폭해지거든, 바람을
길들일게, 모두가 잠들었나 확인할게, 추워, 라는
잠꼬대는 눌변 같아, 창문을 진즉 닫았거든, 창문을
닫아, 창밖의 것이 우묵해지고 있어, 우묵한 짐승이
거인을 기다린다, 너의 식성이지

버섯의 식감을 들려주는 버섯, 탄내는 영원히 들려주지
않는 버섯, 차망에서 잎을 건져내는 버섯, 연인에게
늙음을 들키는 버섯, 보다 하루가 더 긴 나라에서
버섯, 식전에 모인 기도는 버섯, 생전을 돌이켜보는
버섯, 들메나무 씨앗을 사 오는 버섯, 들메나무 씨앗을
사슴에게 던지지 않는 버섯, 그래도 사슴이 달아나는
뒤꿈치를 보는 버섯, 연인이 살지 않는 문짝에 피어난
버섯, 태몽을 지어내는 버섯, 구둣주걱을 든 인부가
캐내는 버섯, 신발을 구겨 신는 버섯, 에게 끝끝내
소홀한 버섯, 이대로는 살 수 없어 산에 가는 버섯,
섬광은 어깨를 지니는 버섯, 쥐어짠 참치와 비슷해지는
버섯, 파리가 앉은 버섯, 나방은 밤새 앉을 수 있는
버섯, 흑백으로 인화할 수 없는 버섯, 새시를 여는
소리와 바꿀 수 있는 버섯, 참새와 어린 시절을 바꿀 수
있는 버섯, 잠에도 입 안에 있는 버섯, 보폭을 맞추고
힘이 세지는 버섯, 빨래에 나의 것이 없는 버섯, 그래도
빨랫줄에 매달린 버섯, 그늘에서 미안해하는 버섯,
『안네의 일기』를 읽는 버섯, 안네가 그리스 신화를 사러

가는 동안의 버섯, 루프트한자의 기내식에도 등장하는
버섯, 트렁크는 트렁크가 내는 소리에 불과한 버섯,
너의 잠꼬대를 네가 들을 만큼의 버섯, 여섯 시 체조에
모인 사람은 버섯, 영원히 동작을 바꾸는 버섯, 나이를
먹는 직업이 돌보는 버섯, 살 위에 없는 버섯

막달레나 세탁소에서
페그 오코넬은
오늘 사망했습니다.

조니 미첼, 〈막달레나 세탁소〉

막 달 레 나   세 탁 소

계단 수보다 한 걸음 더 걸었습니다
멀리서 찾아온 무중력이 너를 들어 올릴 때
옆으로 누워 하늘을 봅니다
나뭇가지가 옷가지를 훔치는 동안
천국은 줄어들고
아이는 호두를 벗기기 위해 단단한 장소로 갑니다
히잡을 쓴 여자를 보고 나면
이곳은 히잡을 쓴 여자의 체류지 같습니다
여자와 예배당은 다르지만 세탁소가 겹칩니다
그런 날은 단지 비를 피하기 위해 세탁소에 들어가고
명분을 만들기 위해 소매를 늘리고
재단사는 어깨부터 어깨까지 너를 측정하고
이름과 옷을 찾으러 오는 시간을 묻습니다
달력에 여자의 시간을 적는다면
이월은 너무 짧아서
우리는 단골이 될 수 있나요
재단사는 소매와 소매를 줄입니다
저 나뭇가지는 전정이 필요합니다

너무나 많은 열매는 미안하니까요
바람이 필요한 장소에는
풀무가 놓여 있습니다
들려줄 만한 포부는
몸 이외의 것을 수선하는 것
희년의 몸에 신경질을 부리는 것
하루는 히잡까지 옷을 몽땅 벗어놓았습니다
다행히 세탁소는 수줍음에 무관심합니다
그래서 세탁소와 이별하면
히잡을 벗은 여자의 체류지 같습니다
다시 옷을 찾으러 와야겠지만
막달레나 세탁소에서
페그 오코넬은 모든 옷을 맡기고
오늘 사망했습니다
다행히 세탁소는 휴무입니다

꿀 벌 이   다 가 오 자

혼자 손으로 머리를 감게 된 날 눈을 감으면 너의 눈을
하고 있으나 한번은 쓰라리지 않을 만큼 성숙해진 날도
있었다

그늘이 없는 돌이 무기가 된 날처럼 서늘한 것과
모험을 나누기 시작한다

그늘이 너에게 자랑할 만한 무기를 가져오겠지만
그것을 휘두르진 않는다 그러나 너의 외양은 모험에
어울리지 않아서 쑥스럽다

첫사랑과 사냥을 나선다면 그래서 가장 부드러운
짐승부터 죽일 수 있다면 가장 부드러운 짐승을 위한
수선집에 갈 것이다 재단사의 첫사랑처럼

가차 없이 재단할 수 있는 사랑이 있다면 이 사랑은
미룰 수 있고 시침질될 수 있다 그러한 손놀림의
허위를 꿀벌이 부유한다 너에게 이 사랑은 측정이

불가하다 그러한 꿀벌은 죽음이 쑥스러워 집으로부터
멀어지는 법이니까
너의 집으로부터

조금 더 걸을 수 있다면 극장에 가자 어른인 척했던
극장에는 감미로운 영화가 흐르겠지 그리고 귓속말을
하고 싶어 반나절의 영화가 끝나는 동안

일몰이 반사시킨 양화점에 들어간다 구두를 고쳐
신는 근처에는 수평선이 있었고 꿀벌이 있었다

너는 말했다 스웨이드 천으로 젤리를 만들던 시절이
있었다고 더는 젤리에 앉을 수 없는 시절이 있었다고
너는 구두 대신 스웨이드용 솔을 지불했다

우리는 다뉴브 강가로 가는 버스를 탔다 우리는 버스
손잡이가 흔들리는 꿈을 꾸었다 버스에는 꿀벌과
너만 있었다 버스는 다뉴브 강가에 정차했다 버스는
다뉴브강의 발원지로 유턴하고 있었다

우리는 유턴을 하는 우리와 다뉴브 강가에 내린
우리로 구분되었다

언젠가 다뉴브강 위로 떠오른 시체는 세일러복을

입었다 너는 와인을 하역하던 선원이라고 했다 너는
어제를 폭풍으로 이해했다
지상의 것들을 갑판 위의 것들로 이해했다 돛대, 그물,
닻, 조타륜, 좌현과 우현, 선미, 세일러복의 옷깃을
당기면 와인이 쏟아지겠지 버지니아 울프의 옷깃을
당기면 어도비 벽돌이 쏟아졌듯이

죽음은 들키기 싫으니까 과즙이 번지는 다뉴브
강이었다

조금 더 걸을 수 있다면 걸인을 위한 벤치는 없었다
꿀벌을 위한 벤치는 없었다 걸인의 채비처럼 이 걸음은
비용이 들지 않는 장소로 간다 수면을 걸을 줄 모른다

모든 단어를 끝내고 구걸하는 동안 곁에 있는 것과
정면에 있는 것이 분명해졌다 곁은 꿀벌을 꼭 쥔 채
잠들어 있었다 정면은 너의 잠을 업신여겼으나 이따금
선행을 베풀기도 했다

여전히 요동치는 너의 숙면과 여전히 요동치는 꿀벌을
바꿀 수 있다면 그래서 여전히 요동치는 너의 첫사랑과
바꿀 것이 없다면
첫사랑의 손톱 아래 벌침을 뽑아내 꿀벌 옆에 두었다
꿀벌은 부드러웠다

너를 안은 회전은 너보다 가볍다 회전과 살인과
납치가 등장하지 않는 누아르를 본다 팔 할을 보고
결말을 내린다 너는 회전 몰래 결말을 본다 회전이
너를 내려놓고 받아쓰기를 불러준다 잉크는 맞고
옛날은 틀리다 너는 회전 몰래 발목을 묶는다 회전의
의자를 위해 머리털을 잘라준다 회전은 약속이 생긴
사람처럼 외출한다 회전은 대인공포증이 있거나
도착증이 있다 회전의 손을 잡는다 네가 회전시킨
회전은 코르셋을 선물한다 입혀준다 거기에는 불호가
있어서 다시 너에게 입혀준다 등허리의 끈을 조이는
회전과 결혼한다 끈은 고무이고 너는 회전의 타성과
이별할 줄 모른다 회전에게 반지 대신 개를 선물한다
회전은 멱살과 덜미를 비교한다 회전은 박무 속에서
목줄을 놓치고 잠에서 일어난 척한다 회전을 위해
박무에 성냥을 긋는다 회전의 취향에 각설탕을
넣는다 회전은 화병과 앨범을 번갈아 본다 회전은
앨범에서 사진을 덜어낸다 사진 속에는 재스민이
있고 네가 없다 너는 폴란드 레스토랑의 메뉴를 보고

필체를 감상하고 있다 너는 회전의 메뉴를 시키고
먹을 줄 모른다 회전은 재스민을 들어도 춤이 되지
않는다 너는 회전의 침대를 사 온다 회전의 꿈을 위해
침대를 사 온다 회전과 침대를 들고 침대의 배치를
위해 회전한다 배치까지 침대는 너보다 무겁다 너는
굄대를 들고 온다 회전의 꿈으로부터 굄대를 들고
온다 회전은 생기를 잃었다 침대의 가운데를 모른다
어제의 꿈이 현실과 이어진다 회전하는 재스민과
회전하는 슬리퍼와 회전하는 어깨와 회전하는 이름들
너의 빈혈도 감정일 것이다 회전의 가운데 눕는다

화 환

여자는 몰래 화환을 버립니다 화환의 이름은
너였고 여자가 이름을 짓지는 않았습니다 잘 익은
포도가 어느 쪽에서 소리를 내든지 그것은 악몽이
아닙니다 육아서에 의하면 손가락이 자라날 즈음
악몽을 꾼다고 합니다 그래서 악몽은 만질 수도
없지만 화환은 포도꽃으로 만들었습니다 포도꽃이
화환을 푹신한 포도로 만들지는 않습니다 그해
라파예트 백화점 앞 분수대의 가녘에 앉아 오십
유로를 받고 여자가 되었습니다 여자를 사랑하는
여자가 되었습니다 그러자 건기에 물을 틀지
않는 라파예트를 조잔하다고 했습니다 분수대의
가녘을 따라 수평을 잡는 아이는 분수대의
건기로 기울어집니다 그래서 고요함을 버릴 수
있다면 아이는 엉덩방아를 찧기 전부터 생사를
결정합니다 아이는 까마귀에게 포도를 굴려줍니다
젊은 베르테르가 여자인 줄 알았습니다 까마귀가
안락의자인 줄 알았습니다 까마귀가 화환의 가운데
앉았습니다 자신이 화환을 버린 것처럼 고쳐
앉았습니다

썰 물 의   무 늬

밤의 썰물이 마련해준 물가에 너는 영원한 발을
들여놓고 여기까지 왔다 그리고 포만함의 사정에
대하여 낮에 먹은 음식들 사이에서 빛나는 것은
많았다고 생각한다 그것은 갈매기의 포만 끝에 남겨진
음식들이고 소금에 절여진 피부를 하고 있다 너는
썰물의 시간에 가난한 사람들이 구원받는 신화를
믿은 적 있다 핏기가 없는 신을 믿은 것 같다 창백함
바깥에서 혼혈을 길러볼 수 있다면 혼혈에게 말을
가르칠 수 있다면 공포부터 가르치겠다 혼혈을 제물로
다루던 시절로부터 달아나 부표가 누르는 파도까지
그럼 부표와 같은 핏기를 하고 살았다는 표정을
하고 부표를 어루만지겠지 부표를 찌를 만한 무기가
없을 테니까 그래도 두려울 테니까 혼혈의 발을
하고 아무렇지 않은 진창까지 왔다 진창의 생물들은
혼혈의 잠에서 반추되었다 잠이 누르는 진창이 잠을
일으킨다면 잠이 빠져나간 흔적에다 혼혈이 들려줄
수 없는 가계의 로망스를 들려준다 썰물은 처음부터
구애를 몰라서 모든 종류의 사랑이 썰물을 움켰다
놓아주기를 처음부터 그리워했다

룸 메 이 드 와   결 혼 했 다

    *

룸메이드는 연인이 빠져나간 객실의 너절한 정도에
따라 연인의 성격을 나누고는 가장 불온한 정도에서
자신이 사랑을 끝낸 구태의연한 이유를 찾아내고는
객실의 가운과 시트를 구겨 넣을 수 있는 궤짝의
무게가 더해짐에 따라 궤짝이 뿜어내는 잔향만큼
한숨지었다

    *

혼숙을 끝내고 객실을 나서는 연인에게 한숨을
들키기도 했다 그리고 속으로 연인이란 말은 얼마나
잔인한가 나를 포함시켰다가 마침내 제외시키는
연인이란 그래서 연인의 자취를 수습하는 나는 얼마나
초라한가 그것이 나의 자격지심이라면 그래서 나의
자격지심에 몰입하는 신이 있었다면 창문이 없는
복도를 환기시키기 위해 객실의 현관을 열고 발코니의
창문을 열어두는 수고를 치르는 거라고 중얼거렸다

룸메이드는 조금씩 바람이 여미는 복도를 떠나
엘리베이터를 탔다 한층 아래 숫자가 표기되지
않은 버튼을 누르고는 아직 13층에 지나지 않는다며
한숨지었다 그렇게 허울뿐인 13층의 청소를 위해
엘리베이터에서 내리자 한 남자와 마주쳤다
룸메이드는 자신이 타고 온 엘리베이터에 남은 부정한
궤짝의 잔향이 자신의 잔향이 될까 봐 자신이 타고 온
엘리베이터를 타지 말라고 말했다 남자는 괜찮다고
말했다 객실에는 이별한 연인이 가득하다고 말했다

*

룸메이드는 청소가 필요한 객실마다 조금 전 마주쳤던
남자가 빠져나온 객실이라고 추측했다 발코니의
창문을 열 때마다 바람이 없는 천국이라고 생각했다
청소를 마감하고 엘리베이터를 타러 가자 아까
마주쳤던 남자가 엘리베이터의 열림 버튼을 누른
채 기다리고 있었다 룸메이드는 사내에게 고맙다는
미소를 띄우고 이제는 아무것도 구겨 넣을 수 없는
부정한 궤짝 때문에 협소해진 공간을 덜어 내기 위해
궤짝 속에 든 웨딩드레스를 상상했다

*

이따금 거기서 시체 썩는 냄새가 났다

어떻게 기교 없는 자연이
위대한 배우를 만들겠습니까.

드니 디드로, 『배우에 관한 역설』

색 인 목 록

사서에게 아무도 찾지 않는 바타유의『저주의 몫』을
찾아달라고 하자 사서가 보존서가로 달려간다 다행히
사서의 테이블에서 사서가 남긴 색인 목록의 빈칸이
조르주에서 마침표를 찍은 것을 보고 사서가 고심한
목록을 찾아달라고 한 것 같아 즐거웠다 우리의
정신은 그토록 일치했으나 사서는 보존서가에서 길을
잃었는지 빈혈을 앓고 쓰러졌는지 나타나지 않았다
나는 색인 목록의 빈칸을 마냥 바라보며 내게『저주의
몫』을 선사하기 위한 사서의 직업 정신이 미쳐가고
있으면 어떡할까 걱정된 나머지 보존서가의 문을
열어보았다 사서는『저주의 몫』을 펼친 채 꾸벅꾸벅
졸고 있었다 아니 자고 있었다 나는 사서가 어느
페이지를 펼친 채 잠들었는지 보려고 살며시 다가갔다

Nyhavn

선착장은 일요일이고 선착장에 묶여 있는 선박은
항로의 마지막으로 떠 있다 선박은 부엌과 불의 여신
헤스티아의 이름을 달았다 선착장은 일요일마다
바자를 열었다 거래를 기다리는 장난감들, 태엽이
고장 난, 힘이 센 소년들에 의한, 풍습에 어울리는
태피스트리, 심리를 알 수 있는 인형, 그것의
주인이었던 소녀들이나 그것을 따돌렸던 소녀들을
유추해보고는 소녀들이 유년을 포기한 시점에서
바자에 내놓기까지 너는 숙소부터 선착장까지
바자에 참여할 만한 물건이 없는 이방인이었으므로
가장 부리가 더러운 갈매기를 데려갈까 했지만 가장
부리가 더러운 갈매기는 독심술사처럼 선착장까지
미리 날아가 선착장의 흔들거림을 매듭지었다 너는
선착장까지 이방인이었으므로 바자의 물건들은
모르는 단어로 되어 있었다 몰라도 좋았다 바다에서
건져낸 순서대로 깨끗했으니까 너는 숙소에 있는
꽃에 어울리는 화분 받침을 고르고 싶었다 꽃의
이름을 몰라도 그 꽃은 추위에 사나워지지 않는

꽃이라는 것을 알기에 유리로 된 화분 받침을 고르고
싶었다 그리고 기억났다 이전의 화분 받침에서 물은
넘치고 있었다 선착장까지

고독보다 우레가 좋을 때

번개에 맞춰 숨는 자와 평등해지기 위해
아기는 어른들이 먹지 말라는 것을 삼킨다
낙사와 키 크는 꿈은 같다
쿵 소리만큼 너는 자라나 있다
소리가 수치스러운 지상으로부터

이 옷은 행운에 적당합니까
아이가 아이의 몸을 자랑할 때
복권을 긁기 시작하는 아이들은 꽝이라고 소리친다
소리치는 순서대로 이 땅에 다시 태어날 확률은
 없습니다
마지막 아이가 산부인과의 일인실 앞에서 신발을
 벗는다

여자는 왜 아들의 옷을 입고 있는가
수평이 맞는 잠옷을
불균형을 위해
꿈을 꾸지 않는다
여자에게 들려줄 만한 연애사를 위해

넘어진 것들과 동침할 수 있다
햇빛 아래 몸을 놔버린 개를 눌러볼 수 있다
너는 나의 성장통이지 질투가 아니다
번갈아가며 청소하는 방이 있다
번개가 치고 잠시 후 우레가 찾아온다

여자와 철교 아래를 건너고 있었다
철교는 여음을 지니고
산모가 여자에게 길을 물으면
여자는 길을 헷갈리기 시작하고
너는 산모가 끌고 다니는 개를 본다

꿈속에서 환대받는 개가
풀이 무성한 테니스장 안에 들어 있다
공을 물어! 라는 추억과
잡목이 자라나기 시작하는 테니스장이었다
잡목의 관리인이 되고 싶었다

기절하는 날 뒷걸음질 소리가 들려왔다
외곽이 날 위해 살을 찌워두었다
씹을 수 없는 것을 버리고는 성인이 되었다

이가 아프다
사랑한다고 말할 수 있을까

에 델 바 이 스

식구들은 에델바이스를 구경하러 스위스에 간다
너를 데려가지 않는다 너에게 계절감은 없었으니까
너에게는 들나귀에게 소금을 먹이고 들나귀를
산책시키고 들나귀를 씻겨야 하는 임무가 있었으니까
식구들의 이웃이 식구들의 행방을 묻는다 너는
말없이 흰 산을 가리킨다 식구들은 에델바이스를
부르며 가끔은 함께 웃는 신앙을 가지고 함께 스위스
미용실에 간다 모두의 머리털을 비질하는 미용사를
보기 위해 미용실의 휴일과 들나귀의 터럭을 바꿀 수
있다면 식구들은 들나귀의 생김새를 하고 흰 산에
오른다 에델바이스를 보기 위해 한 번은 평등하게
늙고 한 번은 늙음을 쳐다보지 않는다 마침내 가장
밝은 능선에 핀 에델바이스를 본다 에델바이스가
보는 너는 매질 없이 들나귀에게 소금을 먹인다
소금을 먹이고 남은 손을 맛본다 함미가 사라지자
손부터 들나귀 가죽이 된다 들나귀는 에델바이스를
위한 헛간에 있다 들나귀에게 계절감은 없었으니까
에델바이스는 소금을 먹은 표정과 한 번의 죽음이

있었다 눈을 감겨주듯이 식구들은 에델바이스를 한
번씩 만져보았다 들나귀부터 에델바이스를 사랑해서
들나귀의 산책을 위해 고삐를 잡아당겨도 들나귀는
흰 산에서 내려오지 않았다

그늘이 시소를

그늘이 시소를 만져본 적 있어서 그늘은 이제 시소의
의자에 맞지 않아 그늘은 시소에 앉아 파마산 치즈를
먹는다 그늘은 시소의 그늘이었고 파마산 치즈의
그늘이었다 그늘은 꽝꽝나무 잎이 타들어가는 소리를
감상했고 소리 끝에 여름은 없었다 그늘은 너무 오래
앉아 있을 뿐 건너편 의자를 띄우기에는 역부족이었다
그늘은 파마산 치즈를 먹어도 심심했다 그늘은 아무도
없는 시절을 기다려본 일이 없었다 그늘이 줄어드는
날 파마산 치즈가 먹고 싶은 지빠귀가 찾아왔다
작은 그늘조차 무서운 지빠귀는 건너편 의자까지
걸어갔다 건너편 의자에 걸터앉은 지빠귀가 그늘을
띄웠으면 그늘은 파마산 치즈의 맛을 들려주었을
것이다 지빠귀는 그늘을 띄우기 위해 건너편 의자에
그늘보다 덜 무섭고 무거운 둥지를 틀었다 그늘은
이제 무섭지 않아 지빠귀는 파마산 치즈를 물고
둥지로 몸을 감췄다 그늘은 지빠귀가 파마산 치즈를
천적에게 빼앗기지 않게 가려주기 위한 그늘이었다
겨울이 되었다 그늘을 쪼는 지빠귀가 있었다 부리가

49

그늘에 닿지 않은 채 주억거리고 있었다 그늘이
시소를 눌러본 적 있어서 지빠귀는 그늘의 분위기를
하고 있었다 지빠귀와 눈이 마주치면 그늘은 깨끗했다
그늘이 없는 시소였다

가 필 드 의   조 건

가필드는 라자냐를 좋아해서 라자냐 상자에서 잔다
가필드는 자면서도 집사의 커피를 훔쳐 마실 수
있다 카페인이 깨어나는 가필드를 혼낼 수가 없다
가필드는 밀가루 반죽기를 핥고 있다 가필드는
건포도도 없는 식빵을 스위스에 가져다준다 가필드는
개의 침이 얼어붙기를 기다렸다가 스위스 식빵을
준다 가필드는 개와 몸무게를 바꾸고 체중을 재러
간다 가필드의 몸무게는 어느 날 12파운드이고 어느
날 ○파운드이다 가필드는 평균을 위해 살고 모형
비행기를 조립하고 본드를 손에 묻히지 않는다
가필드는 코를 후빌 수 있고 피자를 밟을 수 있다
가필드에게 성공적인 삶은 한 번도 구토하지 않는
삶이다 가필드는 의자의 못을 빼내 앉은 사람에게
줄 수 있다 가필드는 저지대에 포함되기 싫어서
타이어의 바람을 빼러 간다 평화로운 친구들의
엄마가 저녁을 먹으라고 소리친다 가필드는 울타리에
기대 자신의 무게를 가중시킬 수 있다 가필드는
돼지들에 섞여서 잠을 잘 수 있다 가필드는 지도와
망원경, 프라이팬과 조류 탐사를 갈 수 있다 가필드는

프라이팬에 드럼채를 남겨놓을 수 있다 가필드는
책날개를 자신이 읽던 페이지에 껴놓는 대신 개의
혀를 껴놓을 수 있다 가필드는 현관의 버팀쇠로
사용되기도 하고 설잠을 자기도 한다 가필드는 문을
두드리는 우체부를 싫어한다 가필드를 위한 소식은
없어서 가필드는 오늘의 운세를 읽고 수줍음과
다정함이 같아지는 운명을 몸소 납신 멜론의 정곡을
찔렀다고 생각한다 가필드는 애인을 달력 뒤에 걸
수 있다 가필드는 뜨개실과 놀다가 엉킬 수 있다
가필드는 웃음을 흐르는 물에 비춰 보고 가필드는
뚱뚱해서 물에 뜰 수 있다고 생각한다 가필드는
흐르는 물에게 식사 예절을 가르친다 가필드는
라자냐 상자의 측면을 밟아서 라자냐 상자 안에 든
잠을 쫓아낼 수 있다 가필드는 라자냐 상자 밖에서
성장한 것들은 발톱만 자라났다고 생각한다 가필드는
움직이지 않는 것을 먹을 수 있지만 거미는 싫어한다
가필드는 직업이 없지만 월요일의 기분은 싫어한다
가필드는 고사리를 먹을 수 있지만 인형을 안고
잔다 가필드는 삶은 콩에 난 풀과 과카몰리에 난
쇠귀나물을 전정할 수 있다 가필드는 아령을 허공에
휘젓고는 탈장에 걸렸다고 생각한다 가필드는
침대를 고치는 동안 양말이 담긴 서랍에서 잘 수
있다 가필드는 이 집은 포위되었다, 라는 경찰에게
넥타이를 던져줄 수 있다 가필드는 코인 세탁소에서
동전을 넣어놓고 영원히 잠들 수 있다

골드마리 ─ G 선 상 의   o l d   M a r y

골드마리는 너무 흔해서 서로에게 골드마리를
선물한다손 치더라도 별로 기뻐하지 않을 것이다
특별한 골드마리를 위해 골드마리가 다 함께 죽는 날
골드마리를 키운 골드마리 호텔이 화단 관리를
못했다고 꾸짖고 싶다 서로 그것을 미루는 동안 붉은
고양이가 덜 붉은 고양이의 요의를 알아채고는 덜 붉은
고양이의 덜미를 물고 골드마리 화단에 갖다 놓는다
골드마리가 없는 자리에 다음 꽃을 피우기 위해 아니
고양이를 쫓기 위해 물을 줄 수 있는 객실에서 우리는
나머지 사랑을 하기로 한다 그래서 언젠가 골드마리를
키운 골드마리 호텔이 화단 관리를 못했다고 꾸짖어볼
수 있는 날까지 생활하기로 한다 우리는 거기서 사랑을
탕진할 수 있고 탕진 직전에 흔해빠진 골드마리를
선물한다 그날 골드마리는 객실의 골드마리까지 다
함께 죽었다 골드마리의 죽음을 애도하기 위해 객실의
골드마리를 창밖의 골드마리 화단에 떨어트리기로
한다 그러나 우리는 안으로만 열리는 창문을 바깥으로
열어서 창문을 떨어트린다 우리는 동시에 황망해지고

창문은 골드마리 위에 소리 없이 떨어진다 그리고
지배인 몰래 창문을 맞추기 위해 창턱에 부착된
전화번호로 전화한다 통화한 사람은 골드마리
호텔의 전속 유리공이 된다 우리는 창문 값을 더블로
주기로 하고 사적으로 통화한다 정오에 유리공은
창문의 치수를 측정하기 위해 창틀까지 방문한다
그가 줄자로 창틀을 여러 번 재는 동안 우리는
그가 골드마리 호텔의 전속 유리공인지 의심한다
유리공에게 견적을 묻자 창문은 우리가 여태 머무른
숙박료보다 훨씬 비싸다 거기에 더블로 주기로
한 우리는 유리공에게 경첩만을 지불한다 우리는
거스름돈 대신 유리공을 살해한다 유리공이 유리공이
아니더라도 지배인에게 창문을 떨어트린 사실을
밀고할까 봐 유리공을 살해한다 우리는 창문을
떨어트린 죄책감만을 이해한다 우리는 유리공의
복장으로 갈아입고 골드마리 화단에서 창문을
주우러 간다 소리 없이 떨어진 창문을 들것처럼
주워 온다 유리공의 지문을 지우기 위해 골드마리
호텔의 초인종을 닦는다 가끔 벨이 울린다 가끔 문을
열어주는 유리공이 있고 살해당한 유리공이 있다
문을 열어주는 유리공은 유리를 달 줄 몰라 살해당한
유리공에게 창문을 안겨준다 그리고 골드마리로
창문을 장식한다 우리는 유리공의 옷에서 모든
돈을 털어 밀린 숙박료를 지불하고는 거스름돈을

챙겨 골드마리 호텔을 탈출한다 골드마리가 지천에
만발해 있었고 우리는 골드마리 호텔을 꾸짖을 힘도
골드마리 한 송이를 꺾을 힘도 없었다

개들은 끊임없이 늑대들을 찾아
대초원을 누빈다.
늑대를 개로 만들기 위해서.

앙토냉 아르토, 「파사주」(Passages)

와일 E. 코요테

로드러너는 달아난다 한숨과 향기를 구분하지
않는다 향기가 넘어트리지 못한 로드러너는 모래에
알을 낳고 달아나는 타조처럼 이상한 모성애를
품고 타조보다는 한참 작다 언덕보다 먼저 달궈진
금고보다 작다 햇빛은 수전노와 탈옥수를 통과한다
로드러너는 자줏빛 커브를 틀고 커브는 너의 외양을
하고 있다 너는 커브 밖에 있다 로드러너는 너의
과잉이고 추월이고 너는 공중에 남겨진다 너는
이국의 극장에 있다 엔딩크레디트가 올라갔는지
내려갔는지 모른다 로드러너는 극장에 영원히 불을
켜고 달아난다 날개를 퇴화시키며 달아난다 황야는
황야를 모르는 코카나무를 키우고 코카나무는 너의
시울 밖에 있다 코카나무는 황야의 계열 사이에서
방황한다 로드러너는 황야에 기대 조롱을 위해
기다리고 너는 조롱까지 신실하다 너는 과거를 개
같은 짐승이라고 생각한다 개같이 맡은 향기가 너를
횡단한다면 그래서 개의 기억을 산다면 사랑을 위해
회피한 것들에게 굴종해야 한다 로드러너는 달아난다

스캔들마다의 토크쇼처럼 박수가 누드가 아닌 것처럼
쇼는 사랑 밖의 것들이 시체들인 집단 자살사라고
해도 좋을 것이다 경청하고 싶은 기도는 황망함에
있다 패잔이라는 고원의 이름이 있고 외국어로
이별을 하고 싶다 외국어로 이별을 성사시킨 너는
슬픔을 실 새 없이 어려진 너라고 생각한다 그래서
슬픔이 다시 너를 측정하기까지 로드러너는 달아난다
로드러너는 눈을 감을 때 쓰는 근육으로 이루어졌다
그래서 데스밸리의 팻말은 언덕과 죽음을 나눈다
쓸모를 찾는 널조각에게 하악으로부터 진화된
파충류들에게 폭풍을 들려줄 수 있다 늑대를 개로
만들기 위해서 어제는 미안하다 사랑할 줄 몰라서

부숨, 나머지, 여기

너보다 먼저 일어난 암캐는 너를 새벽에 숨긴 것처럼
과묵하다 그래서 새벽에 갓난아이조차 과묵할 수
있다면 우리는 기쁨인지 공포인지 모를 현재를 살
것이다 머잖아 현재에 지친 나머지 가난한 숙소에서
목욕물의 수온을 맞추며 이 물을 다음 숙박객이
그대로 이용하듯이 이별하는 계절이 온다면 여름의
온도가 쏟아졌다 그리고 다음 숙박객이 너의 여름이
되기까지 석순이 자라났다 석순이 다음 숙박객으로
자라나기까지 다음 숙박객은 네가 머물다 간 숙소의
향을 맡는다 베개에서 머리 냄새를 맡고 천장에서
한숨을 맡는다 네가 숙소에서 키운 클로버 향을
맡는다 너보다 먼저 일어난 암캐는 클로버를 당기지
않는다 클로버 역시 암캐를 당기지 않는다 그렇게
해서라도 불행이 공평해진다면 불행한 숙소를 지키는
암캐는 다음 숙박객을 반가워하는 암캐다

엘리자베스 2세는 스코틀랜드에서 잠들었다 국경을
허물고 격자무늬를 하고 잠들었다 무슬림을 임신시킨
다이애나를 살해하고 무슬림의 세월은 엘리자베스
2세를 살해했다는 루머 속에서 잠들었다 엘리자베스
2세를 보필하던 개가 엘리자베스 2세의 잠을 질질
끌고 허브 숲을 통과하고 있었다 개가 여태껏 맡아온
향기들로 이룩된 허브 숲이었다 엘리자베스 2세는
허브 향을 맡고 잠에서 깨어났다 그 잠은 한 사람도
자신을 알아보지 못하는 잠이었으므로 자신을 인도한
개에게 기사 작위를 내리고는 허브 숲에 왕국을
지어야겠다고 다짐했다 곧 돌멩이 하나도 들 수
없는 자신을 발견하고는 개를 안았다 개는 돌멩이
보다 가벼웠다 콧잔등이 젖어 있었고 잠들어 있었다
엘리자베스 2세는 개의 모든 예후가 자신의 잠과 허브
숲을 바꾼 결과라고 생각했다 허브 숲을 빠져나와
동물병원을 찾았다 마을 사람들에게 동물병원이
어디 있는지 물었다 온 마을을 뒤지다 천박한 소녀와
함께 허브를 궐련에 말아 피우는 아들과 마주쳤다
엘리자베스 2세가 물었다

동물병원이 어딨지?
저 개가 방금 내 여자 친구를 물었어
그래서 동물병원이 어딨지?
석물 가게를 지나서
석물 가게는 어딨지?
개가 묶여 있는 곳에

엘리자베스 2세는 다시 잠들었다 소년의 입에서 나는
허브 향이 그 이유였다 신기하게도 개는 살아 있었다
허브 향이나 목줄이 지닌 향이나 같다고 생각했다
개는 엘리자베스 2세보다 향긋한 뼈를 물고 있었다
종탑에 혼종을 치러 가는 구세군을 만나기도 했다
개는 입에 문 뼈를 내려놓을 장소를 찾고 있었다
누구의 뼈도 아니어서 다시 허브 숲으로 돌아가고
싶었다

플 라 타 너 스

한 그루의 플라타너스가 있었다 네가 묶여 있는
플라타너스가 있었다 네가 지키는 집이 되기 위해
그늘이 모자란 플라타너스가 있었다 너는 문의
향기를 맡아본 기억이 있었다 바깥에서 맡는 문의
향기보다 안에서 맡는 문의 향기를 좋아했다 산책을
데려가는 여자가 있었으니까 언젠가 목줄은 가열되고
플라타너스는 목줄을 풀 줄 모른다 너는 팽팽했던
목줄을 물어 그늘 쪽으로 옮기면서 팽팽함의 이유를
기억한다 너에게 묶여 있는 플라타너스가 있었다
그늘이 얼기설기한 곳에 뼈를 던지는 여자가 있었다
마지막으로 자신의 송곳니를 던지는 여자를
사랑했다 사랑하면 플라타너스에 나포되고 마는
플라타너스는 원경에서 보는 플라타너스였다 너는
여자의 노스탤지어를 살았다 네가 목줄을 끊으려고
할 때 그것은 사슬이었다 사슬을 끊으려고 할 때
그것은 그늘이었다 한번은 피 냄새가 났다 그래봤자
플라타너스 이파리가 쓸리는 지상이었다 이제 바깥에서
문의 향기를 맡아도 열린 적 없어서 문은 좁아지고
있었다 그늘이 플라타너스를 쓰러트리고 있었다

들 개

어둠 속에서는 불 켜는 일 외에 어떤 것도 어렵다 방을
채우는 등은 천장에 매립되었다 빛을 상상하기 위한
어둠이 살문을 빠져나간다 너는 살문을 열어 너를
경계하는 들개를 볼 수 있다 너는 들개가 사랑했던
뼈와 이별했고 이별하는 힘으로 들개보다 힘이 셌다
들개는 눈먼 사람의 걸음걸이를 하고 들개는 가뭄
위에 서 있다 너는 가뭄에 발을 들이지 않는다 가뭄의
향을 맡는 들개를 위해 비가 온다면 비가 들개를
쫓듯이 너를 쫓아온다 저리 가, 라고 해도 너를
쫓아온다 너는 들개를 위한 우산이 없다 너는 들개가
두렵지 않아서 울었다 들개처럼 울어도 들개는
울지 않았다 멀어지는 가뭄은 들개가 너를 무는
소리였다 들개는 비를 맞고도 울지 않아서 빗소리는
없었다 그러한 방에 들개를 들였다 들개를 위해 불을
꺼주었다 들개의 꿈속에서 만난 너는 들개를 위해
불을 꺼주었다 들개는 들개를 슬퍼한 적 없어서 잠을
뒤척였다

빵 집   알 바 생

형광색 우산을 쓰고 빵집에 들어갔다
아무도 놀라지 않았다
저마다의 빵을 가려 내고 있었으니까
빵집 알바생이 소리쳤다
밖에는 비가 오지 않아요
우산을 접지 않은 채 말했다
화가의 빵은 지우개로 쓰니까 내용물이 없는 빵을 주세요
가능한 한 갓 나온 빵으로

추운 쪽으로 걷고 싶었으니까
그림은 빵집의 겨울이었으니까
거기에는 휴식의 모든 종류가 있었다
들려줄 만한 휴식은 이미 화장터의 알바생이 물었다
재와 네 개의 금니만이 남았는데 어떻게 할까요?
재는 영원을 포함시키지 않았으므로
우산을 접지 않은 채 말했다
성한 이를 재 위에 얹으세요
빵집을 나와 손에 든 빵을 깜빠뉴라 여겼다

오 분을 걸었을까

아까의 빵집 알바생이 우산 속에 들어와 말했다

그 빵은 건포도가 들었으니 이것으로 가져가세요

그러고는 부리나케 빵집으로 돌아갔다

빛나는 우산도 없이

밖에는 비가 오지 않아요, 라는 빵집 알바생의 외침만이

귓속에 맴돌았는데

비가 온다는 것을 증명하기 위해

다시 빵집에 들어가고 싶었다

브뤼겔에 의하면
이카로스가 떨어졌을 때
봄이었다고 한다

윌리엄 칼로스 윌리엄스,『패터슨』

스 왈 로 우

스왈로우가 낮게 날면 늘 비가 왔다 스왈로우는 비 오기
직전의 생김새였다 스왈로우의 배가 하얗다는 것을 알
뿐 아무도 그것을 보기 위해 누운 적은 없다 스왈로우는
누워서 닥터페퍼를 마시는 여자의 하늘을 좋아한다
그래서 하늘을 가리지는 않는다 폭설이 녹고 있다고
생각한다 봄 위로 드러난 여자가 연인이라고 생각한다
그러나 봄을 기억할 뿐 연인은 여전히 누워 있다 연인은
여행을 기억하고 집을 상상한다 스왈로우는 연인의
집이 그랜드 피아노라고 생각한다 스왈로우는 연인의
그랜드 피아노를 분해할 수 있다 스왈로우는 연인이
기다리는 조율사가 될 수 있다 연인은 스왈로우를
자신이 삼키지 못한 단정함이라고 생각한다 스왈로우는
연인을 공항에 바래다주는 동안 여기는 모국이
아니라고 생각한다 스왈로우의 모국은 이륙한 연인보다
생략된다 스왈로우는 연인을 공항에 바래다주고 혼자
돌아오는 시간처럼 여행을 연습한다 눈 위로 비가 오는
거리는 스톡홀름이 될 수 있고 자전거가 쓰러질 수 있다
스왈로우는 자전거를 일으키는 대신 우산 끄는 소리

옆에 있다 우산 끄는 소리가 극장의 로비로 들어간다
스왈로우는 가장 조용한 관객 옆에 앉는다 스왈로우는
관객을 질투의 감정에 빠트리기만 하는 지고지순한
멜로 영화를 보고 지고지순한 제스처를 생략하기로
한다 스왈로우는 그렇게 같은 영화를 두 번 보고 있다고
생각한다 물에 비춰 볼 수 있는 영화가 있다면 가장
조용한 관객은 모든 감탄을 잃겠지 스왈로우는 물에
빠진 조율사를 기억하고 가장 조용한 관객을 기억한다
스왈로우는 파고를 들여다볼 뿐 스왈로우는 비 오기
직전으로 생략된다 스왈로우는 다시 우산 끄는 소리
옆에 있다 우산에 발이 걸린 아이는 넘어질 때 찾는
여자를 존대하지 않는다 여자는 괘심치 않고 아이를
일으켜 세워준다 스왈로우는 여자와 아이의 옆구리를
빠져나온다 스왈로우는 비 오기 직전부터 시작해 비 온
뒤까지 지상에 닿지 않는다 스왈로우는 닥터페퍼까지
자살할 수 있다 스왈로우는 가장 내밀했던 사랑의
제스처가 가장 내밀한 자살의 제스처라고 생각한다
그래서 연인에 의해 낙사되고 익사되고 압사당하는
끝끝내 살해를 숨기는 자살의 제스처에서 고통을 빼낸
안락사를 가장 좋아한다 스왈로우는 조력 자살에
반대하는 시위대의 옆구리를 빠져나온다 연인은 몇
명일까 생각한다 스왈로우는 자신을 실스 호수에 비춰
볼 수 있다 스왈로우는 실스 호수에 비친 자신만이
하얗다고 생각한다 스왈로우 없이도 비가 온다

페드로 로메로의 초상

페드로 로메로는 태어나자마자 마타도어가 되었다
페드로 로메로는 검은 소가 봄 위에 정지한 것을 보았다
페드로 로메로는 검은 소가 흐느끼는 것을 보고 먼 산을
　　　　보았다
페드로 로메로는 먼 산에서 내려온 검은 소라고
　　　　기억했다
페드로 로메로는 한 번도 상처 입지 않은 몸을 보며
　　　　슬픔을 배웠다
페드로 로메로는 꿈에 흘린 피를 뿔의 것이라 했다
페드로 로메로는 뿔 근처에 있었다
페드로 로메로는 악행만이 기억에 남아 소년들의
　　　　싸움을 말려도 악행에 포함시켰다
페드로 로메로는 검은 소를 잃어버리고 마차에게 검은
　　　　소까지, 라고 말한다
페드로 로메로는 마차를 검은 소가 끌고 있다고
　　　　기억했다
페드로 로메로는 버즘나무가 박공에 닿는 것을 본다
페드로 로메로는 검은 소를 탄 연인을 기억했다

페드로 로메로는 연인의 이라, 소리가 해 질 녘 소년을
찾는 엄마 목소리 같았다
페드로 로메로는 검은 소가 난동을 부릴 때마다
슬픔의 균형을 기억했다
페드로 로메로는 검은 소의 정면에서 무기와 빛을
구분했다
페드로 로메로는 넘어진 소년에게 무기를 쥐여줬다고
기억했다
페드로 로메로는 연인의 침묵을 적들이 떠난 이유에서
찾고는 부러워했다
페드로 로메로는 검은 소가 침묵하자 연인이
침묵했다고 기억했다
페드로 로메로는 연인에게 목장을 선물하고 싶었다
페드로 로메로는 연인에게 검은 소를 정면에서 볼 수
있는 관람석을 선물했다
페드로 로메로는 투우장의 출구에서 모래 먼지가 나는
장소를 뒤돌아봤다
페드로 로메로는 소년기에 피에 모래를 섞어 청소하는
청소부였다
페드로 로메로는 소년의 눈을 하고 은퇴했다
겨울이었다
페드로 로메로는 사그라지는 함성이 감정이 되는
겨울이었다
페드로 로메로는 카사블랑카에 있는 자신의 이름을 딴
호텔에서 잠을 잤다

페드로 로메로는 숙박부에 자신의 이름 대신 검은 소의
　　　　　이름을 적고 싶었지만
페드로 로메로는 검은 소의 이름을 몰라 검은 소에게
　　　　　연인의 이름을 지어주었다
페드로 로메로는 침대보가 붉은 것을 보고 검은 소가
　　　　　통과하고 있다고 했다
페드로 로메로는 검은 소가 자신의 잠을 깨웠다고
　　　　　기억했다
페드로 로메로는 검은 소의 목에 매달려 아무것도
　　　　　선택하지 않았다

티 타 임

커피를 주문하고는 찾지 않는 손님을 기억하기 위해
카페를 둘러보았다 모두가 커피를 마시고 있었으므로
커피는 식어가고 있었다 웨이트리스는 테라스에
부딪치면 방향을 트는 런던 근위병 장난감이 테라스에
부딪치는 소리가 불쾌한 나머지 런던 근위병 장난감의
주인을 찾으면 혼내야겠다고 생각했다 그러나 모두가
런던 근위병 복장을 하고 티타임을 즐기고 있었으므로
런던 근위병 장난감은 자신의 소란을 줄이고 있었다
런던 근위병 장난감은 고요 쪽으로 걸어갔다 그리고
걸음에 의한 관성으로 쓰러졌다 웨이트리스는 런던
근위병 장난감을 주워 온전히 식은 커피에 빠트리고는
런던 근위병 장난감에게 말했다 커피를 시켰으면
찾으러 왔어야지 내가 떠먹여줘야겠니 대답할 힘도
없이 런던 근위병 교대식은 녹초가 되어 있었다

시 차 의   정 원

네가 놓고 간 정원에 물을 주는 시간 정원과 이별하는
너는 정원이 없는 집으로 간다 네가 정원에 물을
주는 시간을 기억한다 너의 기억 속에서 정원에
물을 준다 달리아는 팔월에, 수레국화는 이월에,
달맞이꽃은 자정에, 오키드는 겨울에, 물망초는 나를
잊지 말라는 시간에, 언젠가 식물마다 물 주는 시간을
같게 한다 너의 온도를 한 정원에 한 번도 심어본
적 없는 데이지꽃이 있었다 나는 데이지꽃을 정원
밖에 묻었다 오후에는 데이지꽃을 찾으러 온 여자가
있었다 나는 데이지꽃은 처음부터 없었다며 정원을
구경시켜주었다 여자는 모든 꽃 옆에 데이지꽃이 있는
것처럼 모든 꽃 옆에 손을 가져다 대었다 그 모습이
정원을 다시 찾은 너 같아서 나는 데이지꽃을 묻은
장소를 알려주었다 너는 정원이 없는 집으로 갔다

파 도 와   본 다

파도는 본다를 삼킬 수 없다 파도가 잠에 부딪힌다
본다에게는 혈우병이 있었다 본다를 꼬집으면 본다는
두꺼운 옷을 입었다고 했다 방파제에서 방파제로
걷는 동안이었으니까 방파제가 가둔 심연을 보고
있으면 두려웠다 심연은 파도였으니까 본다는
심연에 침을 뱉었다 침이 닿는 소리는 들리지 않았다
본다는 혼내는 자 옆에서 애도를 배웠다 혼나는 것과
합쳐지길 원하며 혼나는 것의 심연 속을 살며 애도를
수정하기도 했다 그것은 몰이해도 울 일도 아니었다
본다는 애도를 끝내고 청소를 배웠다 청소하고 남은
것을 먹기도 했다 대개는 움직이는 것들을 먹었다
움이나 녘에 붙여 쓸 수 있는 단어들이었다 약속에
소홀한 자들의 것이었다 약속에 소홀한 자들은 관객이
되었다 본다는 관객의 감정을 하고 울지 않았다
그것은 일련의 방백이었다 본다는 해안 쪽에서 파도
쪽으로 걸었다 본다는 해안과 어울리는 나뭇가지를
바다와 해안 가운데 놓았다 넘어지는 시늉이 있었고
나뭇가지를 무는 새들은 없었다 본다는 새벽까지만

해안이 어울린다고 했다 본다는 새벽에 수영하는
자들과 사랑했던 것 같다 본다는 수영을 할 줄 몰라
해안의 바위틈으로 걸었다 모래지치와 난쟁이아욱은
서로의 깊숙함을 바꿀 수 있었다 본다는 자신의
몸에서 비린내가 나는 곳을 만졌다 해안에 있는
것들이 몸을 말리고 있었다 가족이 가끔 놓였고
가족이 아닌 자는 헤엄치고 남은 손을 보여주었다
본다는 파도가 기억나지 않는다고 했다

승 리 자   아 모 르

아모르가 너를 사랑하는 동안 아모르는 정원을 돌보지
않는다 너는 아모르가 돌보지 않는 정원을 돌본다 네가
정원을 돌보는 시간에 아모르는 월계수에서 월계수로
이동한다 너는 월계수에 새겨진 자신의 이름을 보고는
월계수가 죽지 않는 날씨를 위해 정원을 돌본다 단
한 번 네가 정원을 돌보지 않는 틈을 타서 아모르는
월계수 그늘 아래 너와 동침했고 이따금 하늬바람이
월계수 잎을 흔드는 것을 보았고 월계수 그늘이 갑옷을
벗은 것처럼 보였고 월계수 나뭇가지 그림자가 너의
옆구리에 드리우자 활 그림자 같다고 생각했다 그리고
사랑의 절정에서 월계수가 죽는 것을 보았고 너는
자신의 이름이 떨어져 나간 수피를 보았다 아모르는
이튿날부터 난폭해졌다 그래서 죽은 월계수 잎이 육수
위에 띄워져 나왔을 때 아모르는 월계수 잎을 거슬러
육수를 마시고는 네가 월계수를 죽였다고 했다 네가
여태 가꾼 정원이 목격자라고 했다 너는 월계수가 죽기
전 정원만 기억했다 아모르는 네가 기억하는 정원을
돌보지 않았다

그런 시기가 지나고 나면 나는,
마음을 가다듬기 위하여 굴을 수리하는 데
필요한 개수(改修)에 착수하고 난 다음이면
이따금씩, 비록 점차 그 시간이 짧아지기는 했지만,
굴을 떠나곤 한다.

프란츠 카프카, 「굴」, 『꿈 같은 삶의 기록』

목 로

*

목로라고 하면 테이블이 행렬을 이룬 거리가
떠오르기도 하지만 행인이 목로에 부딪치지 않게
목로가 미로가 되기보다 하나의 단상이 되었으면
좋겠다 단상은 파리가 착지한 곳이 될 수 있고 파리가
착지한 곳마다 무게는 같으며 그러한 무게 근처의
수평선이 될 수도 있다 예상되는 정물들을 잠깐
배제하자 나체를 가리려는 사진술이 있었고 나체를
담기 위한 뒷걸음질이 있었다 피사체는 그대로
목로가 되었다

*

목로는 휘어지는 길에 어울리며 램프의 조도는
편평함을 초과했다 페트로그라드 〈o.1o전〉에 전시된
말레비치의 검은 사각형이 떠오르기도 한다 어느 날
말레비치의 병실에 전시된 이것은 말레비치의 의도가
조금도 개입되지 않은 모종의 변주이다 그림은
그대로 걸린 채 장소만이 변주되는. 사후에 거둬지는
검은 사각형의 배면을 보고 싶다

✻

창문이 검어지면 마주한 방이 불을 켠다 창문에
새겨진 쪽빛은 모브색이다 창문은 부드럽다 목로는
목로의 향을 맡는다 방금 버려진 아직은 하얀 개처럼,
몽루아, 나의(Mon) 왕(roi), 몽루아, 나의 왕

✻

목로에 귀착된 미동들 그러나 목로를 미동시킬 수
없는 성질들. 목로에서 먼 순서로, 부표, 선착장,
차양이 안으로 접힌다 까마귀가 목로에 앉는다 너는
까마귀를 위한 음식을 남겨놓고 자리를 비움으로써
목로에게서 죽음을 덜어냈다고 생각한다 한번은 물이
들어 올렸을 목로다

✻

날개뼈는 그리스어로 Coracoid: 까마귀의 부리다
이것은 새로운 상념을 지닌다 그리고 이것은 너의
까마귀다 목로는 날개뼈를 위해 아무것도 할 수가
없다 너는 식구들과 사랑을 위하여, 라는 건배사를
건넬 수 없다 당황이 춤이 될 수 있다면

✻

꿈에서는 당구를 치고 있었다 순서가 돌아오지
않아서 숙제를 하고 있었다 취향을 묻는 숙제였다

당구라고 썼다가 지웠다 영원히 순서가 돌아오지
않아서 당구대가 놓인 집이었다

　　*

물에 잠기지 않는 만자니타 유목을 바라보고 있었다
취향을 묻는 숙제장은 서랍에 넣어두었다 서랍에는
담비털로 만든 붓이 있었다 서랍 안에 든 꼬리라고
기억했다 어른이 돼서는 서랍에 달려 있는 꼬리라고
기억했다 이제는 서랍을 조금 열어두는 취향이
되었다

　　*

가장 비루한 등갓을 초과한 빛은 창피하다 어렴풋한
조도를 찾은 너는 목로 끝에 앉아 함께 취하고 싶은
사람에게 편지를 쓴다 이별의 내용은 미루고 한
여자가 목로를 뒤지고 있다고 쓴다 빈 병을 팔 수 있는
나라에서 편지를 팔 수 있는 나라로 우표 옆에 우표를
나란히 붙인다

　　*

목로에서 가장 가까운 해변에서 비치발리볼을 하는
연인들을 보고 있다 상대에게 영원히 토스만을 하고
한번은 목로 위에 비치볼이 떨어졌다

*

가장 밝은 조도 아래 폴라로이드 사진을 들고 흔드는
여자를 본다 너는 편지의 내용이 기억나지 않는다
답장은 오지 않을 것이다 발송지에 목로를 그려
넣었으니까 그게 본의 아니게 이별의 뉘앙스가 될
때도 있다 그리고 덜 말린 사진을 보고 싶다

　　　*

흔들리는 여자는 소리와 만나지 않는다 흔들리는
여자는 자신의 결혼식을 미루고 목로와 목로 사이를
지나 마담이 될 수 있고 남편 따위는 없어도 된다는
식의 관대함을 하고 있고 조모의 우아미를 하고 있다

　　　*

병목을 감싼 은개미를 모르고 죽였을 것이다 그들은
사막에서 왔고 너는 술이 남았는지 확인했을 뿐이다

　　　*

목로는 목로를 미루고 있고 희미한 목로는 고양이를
띄우고 푹신해졌다

점진적 없음의 조련사

너의 행방을 묻는 사람은 너의 조련사가 되었다 너는
조련사를 사랑해서 조련사가 누워, 라고 명령하면
꿈을 꿨다 꿈에 조련사가 등장하면 조련사의 꿈에서
너는 불운한 짐승이었다 너는 조련사를 사랑해서
행운을 가져다주는 짐승이 되고 싶었다 장막의
말뚝까지 눈에 덮인 날이었다 너는 장막의 말뚝을
파내 예전의 높이대로 눈 위에 얹어놓고 싶었다
그렇게 너는 장막을 무너트린 짐승이 되었다 무너진
장막 틈으로 조련사의 발만이 삐죽 나와 있었다
조련사는 장막 안에서 죽었을지 모른다고 생각했다
너는 행운에 무참히 실패했다 사랑 역시 한낱 무너진
장막에 지나지 않았다 너는 장막 안에서 조련사의
바지 밑단을 물고 조련사를 질질 끌어 볕뉘 위에
두었다 조련사를 끌고 온 흔적을 다시 걸어 예전의
장막으로 돌아갈 수 있다면 불운한 꿈을 길몽처럼
들려주었다 죽은 줄만 알았던 조련사는 벌떡
일어나 너의 꿈을 사겠다고 했다 그리고 죽음 대신
잠들기 시작했다 잠에서 꿈으로의 이행만큼 죽음은

쉬워 보였다 곧 잠에서 죽음으로의 이행은 지속 가능한 꿈을 파는 일이라고 결론지었다 그 꿈이 즐거웠더라면 영원히 살고 싶었다 너는 꿈을 판 돈으로 꼬리가 달린 장막을 샀다 조련사의 머리맡까지 장막을 덮어두고는 영영 조련사 곁을 떠났다 조련사의 꿈에 네가 등장해도 조련사는 너를 길들이지 않았다

올 리 브 유 가 　램 프 였 던 　시 절

나귀를 위해 물을 떠 왔지 떠도는 물을, 매순간 기로에
놓인 물을, 나귀의 입 안에 이르러서야 곧 밤이 되었다
불면이 젊은 날의 생기였다면 헛간은 램프를 켜놓았지
램프의 빛은 파수대의 빛처럼 빛 가운데 성곽이 있는
것처럼 성곽의 가장 높은 창문을 사수하는 것처럼
배후에는 시녀들의 사랑을 더 깊숙한 곳으로 밀어 넣는
것처럼 램프의 빛은 사랑의 종류를 시찰하며 질투를
학습한다 그러나 나귀를 사랑했지 갈기를 빗겨주던
빗을 너의 방에 두고 왔지 파수대의 모퉁이에, 기둥과
지붕 사이에, 너의 머리를 빗겨주던 시절을 감출까
봐, 몰락한 왕조 곁에 남은 파수병의 머릿결을, 너의
모계는 곱슬머리였지, 너는 밤새울 수 있는 직업을
지녔고, 나는 나귀를 위해 물을 떠 왔지, 그 물을 비춰볼
수 있겠니, 달빛 보다 흔들리게, 그 빛은 헛간으로
들어간다 왕국의 시녀들이 떠나고 문지기가 떠나자
왕국의 가녘에 있던 너도 떠난다 휘장을 떼어내 내게
주고 너는 떠난다 낙향할 장소가 있는 사람처럼 설레는
눈 뒤로 내가 감춘 빗을 몹시 찾았을까 작별 인사는

성곽을 향한 말 같아서 귀담아듣지 않았지 각자의
헛간을 치울 시간이야 올리브유는 끝까지 증발하고
있다 아무도 나귀를 흡혈하지 않는다 올리브나무
그늘처럼 구유의 향기를 맡는다 어느 날은 구유를
향해 구역질을 하고 구역질에 매달린 귀리죽처럼
다시는 아무것도 먹지 않을 것처럼 마침내 구역질에
매달린 파수병처럼 램프를 들고 헛간을 비춰본다
암나귀의 어깨에 늘어트린 수나귀의 기진맥진한 팔을
비춰보기 위해 팔 아래 편자가 녹이 슬었나 비춰보기
위해 잔등은 나귀와 바꿔 쓸 수 있다 한 마리의
나귀만을 타고 여행을 갈 것이다 한 마리의 쓸쓸함을
비춰보기 위해

홀 랜 드   자 전 거

집배원은 자전거를 비스듬히 세워두었다 자전거는
편지의 무게만큼 비스듬했으며 편지 가운데 희소식은
빈집에 꽂혔으며 빈집이 영원성을 갖기까지 나머지
편지는 중요하지 않았으며 자전거는 빈집 앞에
세워두었다 자전거는 모든 직업을 떠난 것이다 자전거
위에 눈이 쌓여도 우체부는 나타나지 않았으므로
빈집은 우체부의 집처럼도 보였는데 우체부는 영원히
나타나지 않았으므로 빈집은 그대로 미스터리가
되었다 눈이 녹은 날 자전거와 빈집 사이에는
헤이즐넛이 떨어진 정원이 있었다 그날 정원 앞을
지나가던 여자가 헤이즐넛을 줍기 위해 뒷걸음치다가
자전거와 함께 넘어졌다 그 광경을 본 사람들은
몸에 맞지 않는 자전거라고 생각했다 그 광경을 본
사람들은 마을 사람들이 아니었거나 자전거의 내력을
잊은 노인들이었다 여자는 자연스럽게 자전거에 달린
편지함을 열어보고는 빈집의 번지수를 바라보았다

지 붕 잇 기   인 형

인형에게 처녀의 험담을 들려주면 마지막에는 불이야,
라고 소리칠 것이다 불 끄러 온 순서대로 초대하고
싶었으니까 처음의 손님이 처녀가 된다면 처녀를
사랑하는 사람이 불을 팔러 온다 인형은 불 속에
든 것의 향기를 맡고 자신의 처녀 시절을 인형에게
들려준다

가장 높은 지붕에서 만날 수 있는 소년이 있었어
소년은 지붕잇기공이었고
소년은 천장이 높은 갬브럴 지붕의 숙련공이였어
소년은 천장을 높일 수 있는 부르주아나 성직자보다
 높은 곳에 있었어
어느 날 천장이 완성되기 전 지붕을 잇는 집에 이사 온
 의사 부부가 있었고
나의 병을 묻기 위해
지붕을 잇는 집을 찾았고 지붕을 잇는 소년을 보았고
 한눈에 반했지
지붕에서 떨어진 기와를 주워 지붕에다 올려놓았지

이상해 분명 그날은 지금보다 키가 작았을 텐데
소년은 지붕에 입 맞추며 예의 바르게 인사했고
소년은 끝말잇기를 하자고 했어
지붕, 붕새, 새총, 총총
소년과 하는 끝말잇기를 좋아했어
소년은 끝말을 지붕을 내려놓는 소리와 함께
 들려주었으니까
끝말을 듣기 위해서는 처마까지 가야 했지만
소년을 보기 위해서는 처마의 저녁 그림자만큼
 떨어져야만 했어
처마의 그림자에는 은종이 매달려 있고
처마의 그림자를 드나들 때마다 종이 울리지 않게
 조심해야 했지
의사 부부의 눈총을 피해 소년을 정면에서 보고 싶었고
소년의 퇴근까지 기다리기는 싫었어
소년의 직업보다 나를 중요시하고 싶었으니까
지붕에서 소년을 곧장 내려오게 하고 싶었고
가까이서 보고 싶다는 말이 노골적이 될까 봐
의사 부부가 집을 비우게 하고 소년을 내려오게 하려고
 살면서 가장 큰 목소리로 불이야, 라고 소리쳤어
소년은 당황했고 지붕에서 떨어졌어
의사 부부가 소년에게 달려가 맥을 짚고는 고개를
 흔들며 실족사라고 말했지만
소년은 실족사가 아니라는 사실이 나의 병이 되었어

처녀는 처녀 시절을 거기까지 그리워했다 처녀는
인형에게 자장가를 불러준다 자장가는 흔해서 잠이
안 오니까 인형은 처녀의 그리움을 이어 들려주었다

성당의 측랑부터 숲까지 그의 관을 들고 건들거렸네
관보다 가벼운 인형이 나머지 귀퉁이의 험담을 하네
비가 오면 관 아래 비를 피하네
소리가 굵어지는 비를 위해
불이야, 라는 외침은 침묵이 되었네

H & M

H&M 옆으로 이사 간 날이었다 연인은 이사 간 집에
옷 갈아입을 곳이 없어서 H&M의 피팅룸을 이용했다
옷을 갈아입을 때마다 일일이 허락받을 필요는
없었으니까

연인은 한번 입었던 옷을 제자리에 걸어놓는 행위
끝에 연인을 기억했다 연인이 갈아입은 옷의 주머니는
연인의 채비로만 이루어졌으면 좋겠다고 기억했다

지불할 수 없는 옷이 있었다 피팅룸의 거울을
능가하는 연인이 있었다 연인은 옷을 갈아입는 동안
연인의 옷을 훔치고 있다고 기억했다

연인은 아직 피팅룸에 있었으니까 아직 도둑이
아니었다 바깥의 계절보다 이른 옷을 입고 있었으니까
아직 도둑이 아니었다

H&M을 나온 연인은 집까지의 거리가 짧은 것에

안도했다 거리는 같은 옷을 입은 행인을 만난 것처럼
어색했으니까 아니 그전에 연인의 옷을 훔쳤으니까
연인만 아는 죄의식이 있었다

길가에 서 있으면 택시 기사가 날 쳐다보는 일처럼
거리는 그런 응시로 이루어졌다 우연이 보태어져
있다면 같은 옷을 입은 행인을 피해 다음 택시를
기다리는 일처럼 그래서 입장을 기다리는 일 없이
포르노 극장의 매표소가 자판기로 되어 있는 것처럼

유린당한 취향이 있었다 취향이라고 말하기에는
이 옷은 너무 흔했고 취향이라고 말하기에는 조금
추워 보였고 취향이라고 말하기에는 주머니가 없었다

낙엽이 무한히 지는 곳으로 숨고 싶었다 다행히
그곳은 이사 간 집이었다 연인의 옷을 훔쳐 오는
동안 연인은 우리만 아는 음악을 틀어놓고 외출하고
없었다

연인은 연인의 옷을 훔쳤으니까 연인의 헐벗음을
걱정하고 연인의 안목을 걱정하고 외출한 연인은
연인의 걱정을 달래주기 위해 H&M에 갔을 거다

영원히 고르는 옷이 있었다 여기서 흐르는 음악은

연인이 틀어놓은 음악처럼 어렴풋했다 가을이
끝나가는 옷에서는 가을이 훨씬 지난 낙엽 냄새가 났다

마 수 걸 이

창문을 열자 고드름은 봄의 것이다 새 떼의 그림자가
벽을 훔친 날도 있었다 새 떼의 그림자 아래 납거된
사람이 새보다 오래 걸었다는 장소에서 햇빛을 쬐는
새들은 없었다 새들의 모이를 맛보았다 심심함을
참을 수 없어 라벤더 비누를 쓰는 집으로 이사를
갔다 라벤더 비누를 다 쓸 때까지 하숙해야겠다고
생각했다 어느덧 소문이 되어버린 가족사 속에
하숙했다 소문을 지우자 감정이 생겼다 감정의
밖은 뚜껑이였고 너는 가족사의 혼담이어야 했다
너는 혼담이 싫어 남장을 하고 남장의 권태를 하고
남장의 식성에 인슐린 주사가 꽂혀서야 시력이 다시
돌아오는 네가 있었다 그럼 너는 옷감을 고르는
버릇이 있었는데 특히 실크를 좋아했다 실크가
감싼 몸을 좋아했다 언젠가 실크가 감싼 몸을 뱀이
물었을 때 너는 뱀독에 취해 가둑나무에 기대 누에가
바라보는 가둑밭을 바라보았다 멀베리 잎이 줄어들자
너를 물었던 뱀이 교미하고 있었다 너를 물었던
뱀을 떼어내 술을 담그고 싶었다 뱀독에서 깨어나는

날 뱀의 성별을 알아보기 위해 술을 맛보기도 했다
그리고 이 술을 팔아야겠다고 손님을 가려서 팔아야
겠다고 혼자 남은 뱀이 손님이 될 때를 기다렸다

관람객들은 충격을 받았다.
왜냐하면 마네는 모자를 그리는 것과
정확히 똑같은 방식으로 얼굴을 그렸기 때문이다.

찰스 로젠·앙리 제르네,『낭만주의와 현실주의:
19세기 미술의 신화』

쌍 생

가장 더운 날 태어난
이마가 무기가 되어버린 산양이
너의 허리를 밀고 있다
정감 어린 이마를 위해
이마를 물에 담그고
곱사연어는 산란기에 어울리는 물가로 헤엄친다
너는 항문기의 절망들이어야 한다
저녁이라는 정면이 있고 정면을 위한 방백도 있겠지
예언처럼
스스로 머리조차 감을 수 없을 때
벽을 통과하는 유령이 된다면
눈물과 비스킷을 바꾸고
결혼식과 사진을 바꾸고
어느 배열에 간섭하고 싶지만
남편의 위치도 아내의 위치도 아니다
배회하는 들러리처럼
감정은 매물이 되겠지
아스피린도 감정일 것이다

적절한 문안을 하고 싶어

환자복을 만지는 일도 자연에 포함시킬까

쌍생이 있다면 환자복을 입고

철로의 폭을 재고 몸에 박힌 철로를 드러낼 것이다

안개가 산양의 이마를 지운 것처럼

잇몸의 간지러움을 들려줄게

그래서 웃는 쌍생은

잠시 기차를 피해 있다

문이 없는 쪽으로

기차가 세계를 분할하는 동안

너머의, 네가 날 유인했지

철로의 끝이 안개였더라면

그간 함께 걸었을 것이다

같은 드라이기를 사용하고 다른 서랍에 넣었을 것이다

같은 비스킷을 먹고 베어 문 자리는 달랐을 것이다

그러나 새의 부리 아래 밀어 넣을 수 있다

쌍생은 하나의 생이 스쳐 가는 소리 같아

하나의 보폭이

산양을 북풍으로 몰고

곱사연어를 여름의 끝으로 몰고

그들의 서식지를 경작할 것이다

디 오 라 마

걷기 시작할 즈음 간호사가 말한다
심장보다 높이 있어야 해요, 링거는
그러나 링거 위에 앉은 새가
링거를 마실 리가 없다
너를 측정하기 위해서
새겨놓은 문지방의 눈금을 보며
소독하는 사람이 말한다
집을 비우세요
발작에 맞는 집을 본 적이 있다면
드레스를 소독해주세요
소독하는 사람의 가운을
인디고블루부터 히아신스까지
이중인격을 피해 소 떼를 훔치러 가는 헤라클레스
조용히 걷는 자의 힘을 모른다
옥상에도 근육이 있다면
옥상에도 방황이 있다면
엑스레이를 찍게 바짝 붙으세요
빛을 조등이라 부르는 밤에 너는 점집에 간다

예언은 외국어로 되어 있고
그래서 예언은 실패하고
등갓보다 전구가 아름다운 나라에 있다
나방은 밝은 날 국경을 넘는다
국경을 지키는 성상은
백인의 허벅지를 내어놓고 있다
나방은 허벅지의 안쪽에 앉는다
너를 구원했다고 거짓말한다
페르세포네의 허벅지를 꼬집는 사람은
어느 쪽이 생시인지 모른다
아프지 않은 쪽에서
평범한 꿈속에서 너를 모르는 척한다
우리는 지뢰와 바나나 껍질 위에 서 있다
너에게 넘어질게
너에게 폭발음을
텅 빈 숲과 언덕은 같다
비를 피하기 위한 그늘은 피로하다
외국어로 결백할 수 있다면
청각 검사를 하고 오는 길이었다
원숭이가 젖을 주는 것을 보았다
성상 파괴주의자가 귓속말을 건넸다
우리의 와이프는 장의사입니까
두려움이 흔해지는 밤에 미소를 고정시키고
쌍둥이자리는 사랑을 나눕니다

아 이 엘 에 르

높은 곳에 올라 칭찬받고 싶어 하는 고양이를 위해
탑을 사러 가는 동안 고양이의 입에서 지빠귀를
빼내고는 칭찬해준 기억 속을 걸었다 지빠귀는
바닥을 뒹굴다 수평선으로 날아갔다 수평을 잃은
너는 수평선까지 활처럼 뻗어 나온 방죽을 걸으며
어디서 고양이를 위한 탑을 어떻게 사 올지 고민했다
유목민이 사는 마을이었고 유목민의 언어를 몰랐고
그들에게 고양이를 위한 탑은 호사품일 테니까
너는 방죽에서 수평선으로 휘어지는 굽잇길에서
대장간을 발견하고는 너보다 우람한 여자 대장장이
앞에서 높은 데 올라 의기양양하게 울고 있는
고양이 표정을 지었다가 자신이 없는 동안 고양이가
혼자 남아 심심해하는 표정을 지었다가 고양이는
혼자 울지 않으니까 함께 우는 표정을 지었다가
사족이지만 고양이를 씻겨도 고양이의 신경질은
어쩔 수 없다는 표정을 지었다 여자는 너의 표정을
보며 하나의 주물이라고 하기에도 의아한 것을
건넸는데 그것은 '아이엘 에르'라고 불리는 여성용

말안장이었다 고양이를 위한 탑을 사는 데 실패한
너는 방죽을 걸으며 집으로 가는 길에 아이엘 에르를
가랑이에 끼고 휘파람을 불며 말 타는 흉내를 내다가
방죽 아래 강물에 아이엘 에르를 빠트렸다 강가로
내려가 급히 손을 뻗었지만 북풍에 휩쓸리는 물살에
아이엘 에르는 멀어지고 있었다 남쪽에서 아이엘
에르를 기다렸지만 아이엘 에르는 물살을 간섭하며
북쪽으로 흘러가고 있었다 아이엘 에르를 기억하면
고양이 울음이 들려왔다 그는 다시 방죽에 올라
자신이 그토록 흉내 냈던 짐승의 보폭에 맞춰 피어난
사막꽃을 보았다

코 시 코 스 의   우 편 마 차

아직 안 자고 있습니다
코시코스의 우편마차를 부르고 있습니다
젊은 새들은 우편마차의 근처에만 있고
늙은 새들은 우편마차에 길을 비켜준다는 것이

우편마차가 나를 기다립니다
편지는 줄거리를 모릅니다
코시코스, 숲에도 습합되지 않는 편지를
코시코스, 수취인 없는 편지를

무덤새의 발이 주홍이 될 때
무덤새의 아비는 아들을 쪼아 먹습니다
너는 달아나기 위해 컸습니다
신발 안의 모래알이 커지듯이

가족사진을 위해 조도를 높이는 사진가
너는 사진가의 위치로 가고 싶습니다
코시코스, 분첩을 열고 분첩을 닫는 소리
코시코스, 셔터를 누르면 동시에 벗을까요

착각이 보편이 되는 장소에서
불면과 무덤새의 행운이 비슷해지기를
앞치마로 코를 풀면
기억나지 않은 음식을 해냈습니다

조모가 너를 기억하면 기분이 좋습니다
뉘 집 자식인지 물으면 기분이 좋습니다
코시코스, 뉘 집의 닭죽을 끓이는 소리
코시코스, 뉘 집의 닭이 세 번 울듯이

사랑에 드는 비용과 병원비는 닮았습니다
숙박비와 입원비는 닮았습니다
액자 없는 거울에 베인 상처는
가장 더디게 아뭅니다

헌혈을 위해 팔을 잡는 간호사
너는 외국인인가요
코시코스, 마지막 이를 닦고 잠들어도
코시코스, 이튿날 이를 닦지 않는 소리

Uber의 기 분

샤를 드골 공항에 가는 길이었습니다 우버를 부르고
조금 지나 내 앞에 검은색 르노 차량이 도착했기
때문에 검은색 르노 차량이 우버인 척해서 탑승했으나
우버와 하등 상관없는 프랑스 할머니가 운전석에
앉아 내가 차량 강도라도 되는 것처럼 어찌나 고함을
지르던지 그 뻔뻔함으로 봄이 찾아왔고 나는 프랑스
할머니에게 프랑스 할아버지처럼 이별을 고하고 다시
우버를 기다리고 있습니다 샤를 드골 공항에 가까스로
도착하는 우버는 샤를 드골 공항의 봄이 되었습니다
입구와 출구가 우후죽순인 봄이 되었습니다 프랑스
할머니는 어디로 갔는지 나만 궁금해하는 봄이
되었습니다 들려주지 못한 봄이 있다면 프랑스
할머니는 우버 기사가 되어 나를 태우고 가장 복잡한
봄으로 갔을지 모릅니다 이륙을 미루는 봄으로요

해 몽 의   역 사 가

위로가 되는 해몽이 있다
합창단 맨 앞줄 입만 벙긋거리는 아이
배열을 지키고 해몽을 들려준다
모든 아이의 목소리를 한 채

유모차를 접기 시작하는 여자에게
너는 이제 유모차가 잠에 맞지 않는다
그리고 너는 여자에게
이가 빠지는 해몽에 대해서는 들려주지 않는다

너는 흔들리는 이를 지녔으니까
너는 허깨비가 된 옷을 보며 깨어난다
옷이 온전한 질감을 드러내는 동안
현재는 슬픔도 그러하다

너는 높은 곳이 두려웠고 현재는 슬프다
너는 철로에서 여행을 두려워하고 현재는
철로에 박힌 자갈을 줍는다
모난 쪽을 향해 시가를 물려줄 수 있다

너는 숲에서 내려온 철로라고 생각한다
꿈에도 철로가 놓인다면
여독의 방에서 허깨비들이
숲을 해몽해준다

유모차가 비스듬한 정원까지
밤에 피어나는 꽃이 균형을 맞춘다
유모차는 한결 편평해지기 위해
겨울을 기다린다

11월의 감 껍질은 감이 무겁다
늙은 손이 유모차를 끈다
유모차는 레닌그라드로 압송되었다
해몽을 번역하기 위한 장소로 압송되었다

유모차는 꽁꽁 언 호수에 놓였다
비위에 맞는 해몽을 들려주기 위하여
세 개의 종탑과 네 개의 창문을 위해
미용실을 예약하고 머리를 길렀다

유모차는 얼음을 부수기에 모자라다
유모차가 침몰하는 계절이 오면
너는 광장에 수레국화를 심었다
일찍 누운 것들을 해몽하지 않았다

이 케 아

죽으러 가는 여자의 트렁크를 보관해두는 꿈이었다
여자의 트렁크를 풀어도 되는 꿈이었다 여자의
트렁크를 풀어도 되는 가구점이었고 가구점은 여자의
집이 되기 위해 여자의 트렁크에서 잉글리시 찻잔을
꺼내 찬장에, 옷 더미를 꺼내 옷장에, 겨울옷 뒤에
잠옷을, 사첼백은 잠옷 아래에, 홑이불을 꺼내 침대
위에, 과월 호의 매거진은 이번 호의 매거진 뒤에
두었다 물건마다 손잡이가 있었지만 가구는 여자의
것이 아니었다 마지막 짐에는 내가 준 선물이 있었다
내가 준 선물은 아직 포장지에 싸여 있었다 나는
선물이 기억나지 않았다 성냥갑만 했으나 흔들어도
소리는 들리지 않았다 반지 케이스라 치더라도 나는
여자의 약지에서 반지를 꺼내 내 손가락 어디에도
껴본 적 없었다 그것을 코 밑에 대어보기도 했는데
가구점의 향기 때문에 알 수 없었다 이 모든 망각이
자연스러워지기 위해 가구점의 직원인 척했
그리고 손님이 없는 직원처럼 목향나무 의자에 앉아
쉴 수 있었다 둥근 목향나무 테두리를 지닌 거울과

눈이 마주치기도 했는데 나를 목향나무 장작으로
여기는 것 같았다 아무리 공손하게 고쳐 앉아도
목향나무 장작으로 여기는 것 같았다 언젠가 죽으러
가는 여자가 놓고 온 것이 있다며 다시 찾아와 가구
향을 맡고 있었다 나는 뒷주머니에서 선물을 꺼내
여자에게 준다는 것이 목향나무 장작을 꺼내 주었다

사진의 이미지는 마취당한 후에
핀으로 고정되는 나비와 같다.

롤랑 바르트,『카메라 루시다』

버드나무

버드나무 열매는 나뭇가지와 함께 떨어졌다
저녁보다 먼저 툭 떨어졌다
부러진 버드나무 가지에서 태어난 나방을
Abendfalter: 저녁의 나비, 라고 칭송하는 나라의
 창문은 두꺼웠다
나방이 두렵지 않을 때까지 관찰했다
나방은 당황한 나머지 버드나무로 달아났다
버드나무 열매는
나뭇가지보다 먼저 무거운 법이니까
입 안의 열기와 버드나무 열매를 바꿔 먹었다
버드나무 그늘에서 '세네카의 죽음'을 연습했다
건기의 피를 삼투해내기 위한 증기에 대해서
함께 있었다면 월세를 들었다
버드나무 집이라 불리는 집이었고
버드나무 집은 밀밭을 키웠고
밀밭이 마음에 들지 않는 세월이 왔다
월세만큼 물을 받아 욕조에 잠기고 싶었다
버드나무 집주인과 살아온 땀은 더러웠으니까

버드나무 집주인과 함께 잠기고 싶었다
벗어놓은 옷은 이제 몸에 맞지 않았다
버드나무의 조건이 되기 위해
버드나무에 조등을 달았다
버드나무에게 여몽이 남았더라면
여몽에도 하숙할 곳이 있었더라면
버드나무의 왼쪽에 기대 있었다
함께 좋아하는 수면제는 있었다
함께 좋아하는 누드집이 있었다
서로 다른 꿈을 들려주면 밀밭에 버드나무가 자랐다
버드나무 열매가 나뭇가지를 붙들고 늘어졌다
버드나무 가지는 열매가 익기도 전에 떨어졌다

베이비파우더, 파리, 편지

베이비파우더 위에 편지를 쓰는 여자는
베이비파우더보다 늙었고 타투보다 늙었고 편지보다
늙었다
여자의 방은 자필로 쓴 편지의 반송지였다
파리 한 마리의 과잉을 멈출 수 있다면
여자는 반송된 편지를 이어서 쓰기 시작했다
수취인에 빙의된 영매와 같은 얼굴을 하고
파리를 쫓아내기 위한 행위처럼도 보였다
파리는 편지의 서명에도 앉을 수 있었다
여자는 파리가 앉았다 간 것들의 목록을 썼다
목록 옆에 베이비파우더를 배치했다
여자는 자신의 출생일에서
베이비파우더의 제조일을 빼고는
최초의 목욕이 너무 늦었다고 생각했다
파리는 자신이 앉았다 간 목록에 여자를 포함시키기
위해
파리는 여자의 손이 닿지 않는 곳에 앉았다
파리는 베이비파우더에도 앉았다

여자는 파리가 앉은 음식은 버려야 한다고 배웠다
여자는 밀웜이 커서 파리가 되는 줄 알았다
여자는 방금 밀웜이 커서 갈색거저리가 된다는 것을
 알았다
어깨를 숨기는 환대(環帶)를 지니고
여자는 자신이 필사적으로 몰아낸 세월 속에 있었다
파리와 여자는 가사만이 남은 음악을 함께 듣기도 했다
사랑, 가스, 글라스의 심장이 나오는 가사였다
여자는 수취인에게 가사를 번역해주었다
여자는 이 편지가 반송되리라는 것을 알고 있었다
그러니까 수취인은 여자가 적은 주소지에 살지 않았다
여자는 파리가 앉은 목록에다가 주소를 달아보았다
메링담 36, 커리 36, 베이비파우더
코라 베를리너 슈트라세 1, 학살된 유대인을 위한
 기념물의 출구, 베이비파우더
부다페스터 슈트라세 40, 비키니 베를린, 트렌스젠더를
 위한 화장실, 베이비파우더
힌놈 골짜기, 아겔다마 수도원, 성수대와 헌금함 사이,
 베이비파우더
여자는 손이 닿지 않는 부위에 타투를 새겼다
"그곳에서 파리가 자라났고 파리가 잠들다"

미끄럼틀에 누워 있는 밤
치과의사의 밤
초병의 밤
룸펜의 밤
너희들을 위한 야식이 있다면
너는 입 안을 데고 너희들은 입 안의 온도를 하고
비바람에게 입을 벌리고
비바람은 치과의사 같아서
석션 호스를 들었지
마취된 포부가 있었지
숨바꼭질이 있었고 미끄럼틀의 난간에 매달린 네가
 있었지
주먹은 자라나고
술래가 된 소년을 포기했지
잘 펴진 너는 눈이 부셔
너는 해시계를 만들고 해를 보고
립밤을 바른다
거기, 초병처럼 자라난 소년

내가 떠나면 그림자에 줄을 그어줘
룸펜의 바구니에 무기를 넣는 네가 있었지
룸펜이 무기를 팔아서 너에게 드럼채를 주었지
룸펜과 너는 드럼채를 뒤집어 이별했지
너는 드럼채를 팔아 영국인의 복권을 샀지
무생물이었던 태몽처럼
모든 붕괴가 부드러워지자 미끄럼틀이 말했지
옆에 누워 복권을 긁어
너는 위풍당당하게 말했지
뒤로 넘어지면 다행히 더러운 옷이었어
누워서 긁을 수 있다면
저 별, 이기적이야
꿈쩍도 하지 않는 해파리 같아

조 문 객

한번은 가족이 조문객이 되었다 한번은 가족이 아닌
자가 화장을 고치는 것을 본다 재가하는 할머니의
분칠이 기억났지만 분칠의 내면은 잊어버렸다

안개를 본다 안개는 문고리에 앉을 것이다 문을 잠갔을
것이다 문을 잠그는 소리가 마취 후에 들리는 소리처럼
여겨졌을 것이다

예배당의 휴일로 간다 텅 빈 예배당의 향기는 의자가
지녔다 너는 의자를 향기까지 끌고 왔다고 생각한다
시끄러운 의자를 위해 골무를 씌운다

식구보다 모자란 의자를 위해 골무를 씌운다 언젠가
골무가 되어버린 가죽이 골무를 꿰매는 사람의
것이었다면 조문객은 골무를 훔치고 눈물을 훔친다

탄 주 의 네 가 지 의 미

*

낮에도 어둠을 유지하기 위해 잠을 잔다 매미를 깔고
누운 잠을, 마티니, 멜빵이 있는 가방과 바꾸고 매미는
버린다 마왕이 없는 시대에 힘을 합쳐 뭐 하니 몽테뉴가
사망한 성곽의 이름을 발음해본다 생 미셸 드 몽떼니으
원하는 침실에 원하는 근육은 없으니까 침대를
제외하고 청소한다 마티니가 어울리는 구석을 찾는다
매미부터 바다였더라면

*

밤에 발톱을 깎으며 미신을 믿는다 미신의 시공에서
고래를 생각한다 고래는 아내의 임종을 보기 위해
수평을 버리고 아내가 모아놓은 민들레를 버릴 수 있다
처음 갔던 극장에다가 버릴 수 있다 나만의 영화를
상영했지만 흔한 사람들이 모여 있다
한 명이라도 흙을 꺼내 보여줄 수 있다면 극장은
붕괴되었을 것이다 구경꾼의 기억으로

*

나만의 죄책감이 있었다 그것을 들려주면 미신이
될 것 같아서 너를 만난다 울 만한 미신은 없으니까
우리는 미신의 주인공이 된다 관자 요리를 먹으며
함께 포르노를 볼 수 있다 너의 정신과에 도착해서
너의 자낙스를 타 올 수 있다 동시에 잠들 수는 없다
잠든 사람의 무드등을 몰래 꺼내 달아날 수 있다 나는
그것을 수맥 위에 놓는다

*

물에 빠진 근육을 꺼내 비파를 만들 줄 모른다
시계추를 사러 가기 위해 옷을 갈아입었다 여름 끝에
시계추 값이 두 배나 올랐다는 곳까지 걸었다 조금
더 걷자 시계추를 파는 여인은 물가를 속인 사기꾼
이었다는 것을 알았다 사기꾼은 백혈병에 걸린다지
아무도 시계추를 파는 여인을 모른다 시계추가
두드리는 여인을 모른다

재 앙 의 위 무

*

가장 불운한 사람에게 연민을 가르쳐야 한다면
재앙을 선사하겠다 재앙 속에서 너희들이나 견고한
집을 지으렴 재료는 코카서스에도 있다 재앙 속에서
배설하기 좋은 장소는 무섭기만 하다 재앙 속에서
너는 병원을 찾는다 의사가 눈꺼풀을 뒤집어 예후와
생김새를 살핀다면 너는 빈혈의 광대였겠지 빈혈을
마구 조롱하는 너는 기골이 성숙한 자살 앞에서
조롱의 내용을 지운다 하나의 웃음기조차 소용없는
까마귀에게 멸종된 통조림을 준다 부리로 건져낸
그것이 내 손이었다면 부드러운 재료는 수평선에도
있다

*

지퍼들, 잔해들. 수평선들. 토시를 풀어서 만든 가방.
거기에는 한 권의 책이 있고 재앙이 펼친 사진집에는
'팔을 벌린 자'의 사진이 있고 그자의 손금을 봐주는
사람이 손을 자신의 심장에 가져다 댄다 거인을
판독해야 한다면 하나의 코르크마다 하나의 호텔을

생각하고 하나의 천장에 닿는다 천장을 걷는 거미를
조준하는 너는 총의 손잡이와 같은 가죽을 하고
가장 불운한 사람에게 대화를 가르쳐야 한다면
사람에 가까운 고기를 먹이겠다 그러한 고기와
비옷을 함께 걸어두는 곳에서 가장 불운한 사람과
사랑을 하는 동안

*

거미는 소리 없는 재앙 위를 이동한다 공중보다
힘차게 편재된 너의 배설물을 피해 이동한다 거미의
딸을 편재된 거미줄에 남겨둔다 재앙을 바라보는
방식 따위 교육하지 않는다 재앙을 견디는 성곽이
있고 성곽 안의 너희들은 화장품을 바꾼다 너희들은
서로의 안목을 교환하고 귀족의 외양으로 재앙을
본다 성곽이 덜어낸 거미가 지상에 어떻게 떨어질지
고민한다 질긴 사랑이 있었고 환호 없는 사랑이
있었다 흙이 거미를 덮는다 흙이 거미줄을 지운다
흙을 쥐면 흙을 던지고 싶다 일어서지 않는 거인에게
거인이 병을 옮긴 불운한 사람에게

월든 저수지

*

저수지의 바람이 저수지를 회전시킨다 저수지에
비친 몸에는 물때가 끼어 있다 저수지가 비춘 아이는
저수지가 낳았을 것이다 아이의 악력을 좋아하는
저수지가 낳았을 것이다 저수지가 편애하는 아이는
늘 리코더를 놓친다 높은 레를 내기 위해 리코더를
놓친다 저수지 대신 주워줄 수 있는 네가 있다 아이의
침 대신 저수지가 묻어 있다고 기억한다

*

저수지 근처에는 집을 짓기 위해 푹푹한 지상에
안착하는 종달새를 볼 수 있다 입에 문 나뭇가지를
볼 수 있다 언젠가 저수지의 조명을 끄고 사랑을
나눌 것이다 그러나 이제는 늦었으니 집에 가렴
사랑하기에는 아직 어리니까 늦지 않는 잠이 있다면
너를 기다릴게 위대한 잠까지 물가의 네가 발아래
흙을 꺼내고 잠에게 던진다 간지럽다 긁어줘, 라고
할 만한 잠까지

＊

너는 인부의 아내 같다 여기는 조금 전 매립된
저수지고 매립지라고 지명을 바꾸진 않았다
삽 안쪽의 흙은 아직 젖어 있다 그 흙이 가벼워지는
동안 너는 흙의 아내 같다 너는 나 같은 것 다신 낳지
않겠지

＊

너는 매립지 이전의 저수지를 기억하기 위해 수레를
사용한다 매립지의 흙을 퍼서 수레에 담는다 흙이
거짓말인 것처럼 수레의 손잡이를 떼어내 너에게
준다 너는 그것으로 목을 조를까 하다가 종달새에게
주었다 종달새는 가장 낮은 곳에 집을 지을 수
있으니까

＊

가장 낮은 지붕을 들어 올릴 수 있는 바람이 있고
종달새의 교미를 볼 수 있다 종달새가 교미하는 동안
암컷이 자백하기를 이 사랑의 몰이꾼들은 내가 전부
죽였다고 했다 행여 하나의 몰이꾼이 살아나 재앙을
향해 푸념한다면 그래서 푸념 섞인 사랑이 다시 흠집
없이 비대해진다면 너는 말했다 날 집어삼킬 수
있다면 고통스런 신음을 하는 종달새를 보라고

*

음식이 식기 전에 음식을 맛보는 식탁까지 키가
컸으면 턱 아래 빛나는 몸은 저수지에 담겼다 악몽을
꾸는 몸처럼 저수지가 한 그루의 느티나무를 키운다면
액땜을 위해 느티나무를 안고 침을 세 번 뱉을 것이다
그 꼴을 보는 네가 마지막 침을 뱉기 전에 나의
불량함을 사랑해서 불량함이 무고해진다면 마지막
침을 저수지에 뱉는다 그것조차 불량하다는 세계에
맞서 우리는 다시 저수지에 흙을 채우기로 한다

*

흙이 고스란히 채워지는 동안 종달새의 수컷이 암컷을
두고 가는 것을 본다 잠시 후 암컷이 수레의 손잡이를
물고 날갯짓하는 것을 본다 집을 지으면 그가 올까
네가 물었다 암컷은 그저 흔들리고 있었다 우리는
흔들림 위에 수레에 담긴 나머지 흙을 게우기로 했다
잠시 후 수컷이 찾아왔다

*

너는 슬퍼 보였다 흙 위의 새가 흙 아래 새를 밟고
있다고 했다 너는 슬퍼 보였다 흙 위의 새가 흙 아래
새보다 작다고 기억했다 눈물에서는 저수지의 맛이
날 것 같았다 너는 맛보지 않았다 흙은 처음부터
거짓말이었으니까 몰락은 그저 날갯짓이나 하나의
발음에 지나지 않았다

124

*

너는 몰락이라고 발음했다 저수지가 얼어붙는
모양이었다 저수지가 비춘 너를 안을 수 있었다
우리는 사랑할 수 있는 나이가 아니었다 우리는
합심해서 수레의 흙을 채우거나 게우거나 할
뿐이었다 흙은 거짓말이었으니까 수레는 흔들리고
있었다 너는 녹을 수 있었고 흔들릴 수 있었다 곧
흔들림이 자연이 되기 위해 바람을 기다렸다 바람은
쇠잔하고 비밀이 없었다 너는 몰락이라고 발음했다

*

너는 입에 나뭇가지를 물고 있었다 너는 몰락이라고
발음했다 피가 흘렀다 아무런 발음도 하지 않았다

아쉬운 사람에게 그림을 선물하고 싶다 아직 덜 마른
그림을

그런 날이 오겠지 그리고 멋진 곳에 가야지 아쉬운
사람에게 부럽지 않은

다들 태어나지 않은

한 장의 그림을 펼치고 말리기 좋은 장소로 떠난다
아쉬운 사람에게 길을 묻고 답을 들으러 가는 길

답은 전부 달라서 길은 꽤 늘어났다 아쉬운 사람은
적을수록 좋다

결국 그림을 말리기 좋은 곳이란 눈총과 집이 없는 곳

그러나 여름에 이사 가는 추억도 있다

이사 가는 날 내 방이 생긴다면 방문에 못을 박는
 일처럼 시끄러운 쪽에서

화관을 걸어둔다 그림에 발이 걸려 넘어진다면

그림은 당혹을 모른다 누군가의 배가 부풀어 오른다
 그곳에 그림을 걸고 싶다 누군가가 여자라면 좋겠지
 그곳에 그림을 걸고 싶다 그래도 아쉽다면

너는 그림의 소유이다 그림을 말리기 좋은 장소에서
 우리가 수집한 것은 땅에 심을 수 있거나 젖은
 것이었거나 찌를 수 있는 것이었다

그림은 아쉽지 않은 장소로 이동한다 네가 나를 그렸다
 코가 다르다 그러나 눈이 닮았다 아쉬운 장소를
 구경하고 있다

아쉬운 사람의 자화상으로
자화상은 밤보다 천천히 어둡다

시 간 의 흐 름   시 인 선   3

성격소품
1판 1쇄 2023년 1월 23일 펴 냄

지은이. 이나현
펴 낸 이. 최선혜
편집. 박나래 최선혜
디자인. 나종위
인쇄 및 제책. 세걸음
펴 낸곳. 시간의흐름
출판등록. 제2017-000066호
주소. 서울시 마포구 토정로 33
이 메 일. deltatime.co@gmail.com
ISBN 979-11-90999-14-4 02810